Dani Pettrey

MÖRDERISCHE GISCHT

Kleine Auszeit

Dani Pettrey

Mörderische Gischt

Kleine Auszeit *Roman*

francke

Über die Autorin:
Dani Pettrey ist für ihre spannenden Romane mit zahlreichen Preisen ausgezeichnet worden. Im deutschsprachigem Raum wurde sie durch ihre sehr erfolgreiche Alaska-Serie rund um die fünf McKenna-Geschwister bekannt. Sie ist verheiratet, hat zwei erwachsene Kinder und lebt in Maryland.

Bibliografische Information der Deutschen Nationalbibliothek
Die Deutsche Nationalbibliothek verzeichnet diese Publikation in der Deutschen Nationalbibliografie; detaillierte bibliografische Daten sind im Internet über https://dnb.dnb.de abrufbar.

ISBN 978-3-96362-082-9

Originally published in English under the title
Deadly Isle
by Bethany House Publishers, a division of Baker Publishing Group,
Grand Rapids, Michigan, 49516, U.S.A.

35037 Marburg an der Lahn
Deutsch von Silvia Lutz
Umschlagbild: © iStockphoto.com / xenia_ok
Umschlaggestaltung: Verlag der Francke-Buchhandlung GmbH
Satz: Verlag der Francke-Buchhandlung GmbH
Druck und Bindung: CPI books GmbH, Leck – Germany

www.francke-buch.de

Kapitel 1

Er lauerte hinter der kalten, rostigen Boje und wartete auf sie.

Rasch warf er einen Blick auf seine Armbanduhr.

Sie müsste jeden Moment auftauchen.

Sein Atem ging flach, jede Faser seines Körpers war angespannt. Ihm blieben nur wenige Sekunden, ein kurzer Augenblick, um anzugreifen. Danach würde er unter der trüben Wasseroberfläche verschwinden.

Der Sand und der Schlick, den der heranrollende Sturm aufwühlte, waren für seine Pläne perfekt. Besser hätte er es sich nicht wünschen können. Endlich lief alles so, wie es sollte!

Mit einem weiteren kurzen Atemzug versuchte er,

sein Herz dazu zu zwingen, kräftiger zu pumpen. Adrenalin jagte durch seine Blutbahnen. Diesen Moment hatte er in Gedanken immer wieder durchgespielt. Er war seinen Fluchtweg öfter abgeschwommen, als er an den Fingern seiner beiden Hände abzählen konnte. Jetzt hatte er es raus. Jetzt hatte er *sie*.

Da! Eine Bewegung. Ihr Kopf drehte sich zur Seite und durchbrach für die Länge eines kurzen, kontrollierten Atemzugs nur knapp die Wasseroberfläche. Es sollte einer ihrer letzten sein. Die Strömung würde ihre Leiche zu den Sandbänken von Henry's Point hinabtreiben und sein Verbrechen nach einem traurigen Unfall aussehen lassen. Aber die andere Schwimmerin würde bald folgen. In einigen Minuten würde auch sie um die Biegung kommen, die in die Bucht hineinführte. Diese Minuten waren das Zeitfenster, in dem er handeln musste. Sein perfektes Zeitfenster.

Ihre Arme bewegten sich in einer geraden Linie geschmeidig auf die Boje zu. Ihre rechte Hand schob sich vor, um sich daran festzuhalten. Sie glaubte, die Boje wäre sicher, ein Ort, an dem sie sich ausruhen könnte. Wie sehr sie sich täuschte! Wieder tauchte ihr Kopf über dem Wasser auf. Und er schlug, ohne zu zögern, zu.

Teni war heute nicht in Form. Wie sollte das nach dem, was gerade zwischen ihr und Alex passiert war, auch anders sein? Sie kämpfte gegen die vom Sturm aufgepeitschten Wellen an, um ihr Tempo zu erhöhen, obwohl sie Julia ohnehin nicht mehr einholen konnte. Aber im Moment war ihr das auch egal. Teni konnte nicht aufhören zu schluchzen, sie zitterte am ganzen Körper. Verzweifelt versuchte sie, ihre aufgewühlten Gefühle zu bezwingen und sich auf ihre Atmung zu konzentrieren. Doch in ihrem Kopf spielte sich die Szene wieder und wieder ab, ließ den Schmerz jedes Mal von Neuem in ihr aufwallen. Warum hatte er gewartet, bis sie an dem Ort eingetroffen waren, an dem die Hochzeit hätte stattfinden sollen? Warum hatte er ihr erst auf ihrer Heimatinsel gesagt, dass es zwischen ihnen aus war? Die Erinnerung hatte sich tief in ihr Gedächtnis eingebrannt:

Wie Alex' Blick auf seine Füße gerichtet gewesen war, bevor er den Kopf gehoben und sie wieder angeschaut hatte. »Ich denke, wir wissen beide, dass etwas nicht stimmt, spätestens seit der Verlobung.«

»Alex? Wovon sprichst du?« Dabei hatte sie es genau gewusst. Schon lange hatte sich etwas falsch angefühlt, sie hatte nur nie mit Bestimmtheit sagen können, was es war.

Fast abwehrend hatte er die Hand gehoben. »Du

weißt, dass ich dich sehr schätze. Aber für eine Ehe reicht das nicht, Teni.«

»Aber …«, hatte sie gestammelt. Warum jetzt, wo sie sich in wenigen Stunden mit dem Pfarrer treffen wollten, um den Ablauf der Trauung festzulegen?

»Darf ich dich zum Abschied noch einmal umarmen?«, hatte Alex gefragt. »Ich lasse mich von Lenny nach Annapolis zurückbringen, bevor der Sturm die Insel erreicht.« Er hatte zum immer dunkler werdenden Himmel hinaufgeschaut. »Es sieht so aus, als würde der Sturm Talbot direkt treffen.«

Ebenso wie ihr Herz direkt getroffen worden war. Aber wenn sie ehrlich war, musste sie zugeben, dass sie dieselben Bedenken gehabt hatte wie er. Sie hatte gewusst, dass sie nicht füreinander bestimmt waren, aber sie hatte nicht verstanden, warum. Vermutlich spielte das jetzt keine Rolle mehr. Egal, aus welchem Grund es nicht geklappt hatte – es war vorbei. Und das tat weh.

Tapfer arbeitete sich Teni im Wasser weiter voran und schwamm mit der Strömung, während ihre Gedanken zu dem Moment zurückkehrten, in dem Alex unter den dunklen Wolken davongefahren war. Und mit ihm ihre Träume von einer Ehe. Um Teni von ihrem Schmerz abzulenken, hatte ihre Cousine Julia darauf bestanden, dass ihr traditionelles Wettschwimmen hinaus zur Barner-Boje wie geplant stattfinden sollte. Aber Teni war heute einfach nicht in der Verfassung, um mit ihr mithalten zu können. Ihr war nur noch danach, sich im Bett zusammenzurollen und ins Kissen zu schluchzen.

Während sie weiterschwamm, wurde ihr langsam bewusst, dass sie einen Freund verloren hatte. Nur einen Freund, nicht mehr. Den Verlobten zu verlieren, müsste sich eigentlich ganz anders anfühlen.

Was war nur mit ihr los?

Warum hatte sie nie wieder so tiefe Gefühle für jemanden entwickeln können wie vor vielen Jahren für Callen Frost? Aber wollte sie das überhaupt? Diese Beziehung hatte äußerst schmerzhaft geendet.

Als sie die Boje endlich erreichte, hob sie den Kopf aus dem Wasser und erwartete, eine triumphierende Julia anzutreffen. Seit Jahren schon schwammen sie auf dieser Strecke um die Wette. Heute hatte Julia sie endlich besiegt und war vor ihr am Ziel angekommen. Aber ihre Cousine war nirgends zu sehen.

Seltsam.

Teni warf einen Blick auf ihre Uhr. 22 *Minuten. Grottenschlecht.*

Normalerweise legte sie die 1000 Meter zur Boje in rund 18 Minuten zurück. Julia brauchte normalerweise 20 Minuten. Teni müsste also eine oder zwei

Minuten hinter ihr liegen. Julia war in der Bucht an ihr vorbeigezogen und sie hätte es doch bestimmt gemerkt, wenn sie ihre Cousine danach noch einmal überholt hätte.

Teni hielt sich an der Boje fest und umrundete sie. »Julia?«, schrie sie, um die rauschenden Wellen zu übertönen. »Julia? Wo bist du?«

Julia wäre auf keinen Fall umgekehrt und zurückgeschwommen, ohne auf Teni zu warten und eine kurze Pause einzulegen. So machten sie es schließlich immer.

Tenis Blick fiel auf die früher einmal weiße Boje, die jetzt schmutzig grau war. Aber ihre Aufmerksamkeit galt gar nicht der Boje selbst, sondern vielmehr dem leuchtend roten Fleck auf dem rostigen Griff, an dem sie sich immer festhielten, wenn sie vor dem Rückweg verschnauften.

Sie schluckte und Panik schoss durch ihre Adern.

Aus der Ferne näherte sich ein Boot, aber sie beachtete es kaum, weil sie sich ganz auf die Suche nach ihrer Cousine konzentrierte.

»Julia!« Sie tauchte unter, konnte aber nichts sehen. Nur die weiß schäumende Gischt, die das Wasser unter der Oberfläche trübte.

Hektisch tauchte sie wieder auf und atmete tief ein. Die Panik, die plötzlich ihren ganzen Körper erfasste, ließ sich kaum zurückdrängen. *Alles ist in Ordnung.* Julia hatte wahrscheinlich nur beschlossen, diesmal auf das Ausruhen zu verzichten und lieber sofort den Rückweg zum Ufer anzutreten. Immerhin kam der Sturm immer näher. Und das, was da an der Boje wie Blut aussah ... Teni warf wieder einen Blick auf das Rot, das jetzt von den Wellen weggespült wurde.

Hatte Julia sich verletzt?

»Julia?«, schrie sie wieder. Etwas drängte sie zu bleiben. Weiterzusuchen.

»Teni?«

Beim Klang dieser Stimme erstarrte sie. Es war das erste Mal seit über einem Jahr, dass sie sie hörte.

Callen. Nicht ausgerechnet jetzt!

Sie schluckte und drehte sich um. Sein Boot schaukelte nur wenige Meter hinter ihr auf dem Wasser.

»Was machst du hier draußen?«, rief er.

Der Regen setzte ein und der Wind trieb weiße Schaumkronen über ihr Kinn, während sie sich bemühte, ihren Kopf über Wasser zu halten. »Julia und ich ...«

»Euer Wettschwimmen?«

Sie nickte. »Und was machst du hier draußen?«

»Ich sammle meine Krebskörbe ein, bevor der Sturm richtig loslegt.« Callen deutete zu den Metallkörben, die die Krebse anlockten, sie aber nicht wieder hinausließen. Dann runzelte er die Stirn. Seine Augen und die dunklen Brauen hatten immer noch dieselbe Farbe wie der Nachthimmel über Talbot. »Stimmt etwas nicht?«

»Ich kann Julia nicht finden und an der Boje war etwas, das sehr nach Blut ausgesehen hat.«

»Glaubst du, sie hat sich in die Hand geschnitten? Ich habe euch schon immer gesagt, dass diese Boje eine Rostbeule ist.«

Teni schüttelte den Kopf. »Das habe ich im ersten Moment auch gedacht. Aber dafür war es zu viel Blut und es sah auch nicht nach einem Handabdruck aus.«

Callens Augen verengten sich zu Schlitzen. Diese Augen hatten sie früher immer fasziniert. »Was denkst du?«

Sie schluckte. Was *dachte* sie? Sie dachte wie eine Polizistin – mit all ihrer Erfahrung bei der Umwelt- und Wasserschutzpolizei samt Spezialisierung auf Unterwasserermittlungen – aber gleichzeitig wie jemand, der einen Angehörigen vermisste. Berufsbedingtes Wissen gepaart mit persönlichen Gefühlen führte manchmal dazu, dass man überreagierte. »Vielleicht ist es völlig übertrieben, aber ich habe ein ungutes Gefühl. Ich glaube nicht, dass Julia zurückgeschwommen ist, ohne eine oder zwei Minuten auf mich zu warten. Und schon gar nicht, wenn sie verletzt sein sollte.«

Callen beugte sich über den Bootsrand, legte die Hände unter ihre Arme und zog sie in sein Boot hinauf. Es war das erste Mal seit jenem verhängnisvollen Tag vor fast zehn Jahren am Strand, dass er sie in den Armen hielt.

»Was soll das denn werden?«, fragte sie.

»Ich helfe dir, Julia zu finden.«

»Ich kann sie besser finden, wenn ich im Wasser bin.« Das Wasser war ihr Element und er war der Letzte, dessen Hilfe sie wollte.

»Glaubst du wirklich, dass das angesichts des aufziehenden Sturms die beste Vorgehensweise ist?«

Nein. Sie reagierte emotional. Sie musste sich beruhigen. Sich konzentrieren. Warum nur musste ausgerechnet Callen hier auftauchen?

Kapitel 2

Je weiter Callen und sie in die Bucht zurückfuhren, desto schneller raste Tenis Herz. Schließlich kamen sie beim Bootshaus an. Keine Spur von Julia. Keine Schwimmbrille, keine nassen Fußabdrücke, und das Handtuch ihrer Cousine hing auch noch am Haken. Keine Blutspuren.

Teni wurde ganz schlecht vor Angst. »Es sieht nicht so aus, als wäre sie zurückgekommen.«

Callens ernste Miene verriet ihr, dass auch er sehr besorgt war. »An was denkst du?«

Warum stellte er ihr immer diese Frage? Wenn sie ihm diese Frage stellen würde, wusste sie schon, was er darauf antworten würde: *An dich.* Wenigstens damals war es so gewesen, bis zu jenem Tag …

»Wenn sich Julia verletzt hat, wenn sie irgendwelche Probleme hat und nicht bei der Boje geblieben ist …«, überlegte Teni laut, während sie auf und ab schritt. Sie versuchte, logisch zu denken und professionell an die Situation heranzugehen, so als hätte man sie an einen Tatort geholt. Es war beängstigend – so viele Einsätze, zu denen sie gerufen wurde, fingen genau so an: ein vermisster Angehöriger, nur ein kleiner Hinweis, ein ungutes Gefühl, ein Blutfleck. Teni wurde speiübel, als ihr bewusst wurde, wie die meisten dieser Fälle endeten: Nämlich damit, dass eine Leiche vom Meeresgrund oder vom Boden der Bucht geborgen wurde.

»Sie ist eine gute Schwimmerin. Falls sie irgendwelche Probleme haben sollte, weiß sie, dass sie sich von der Strömung treiben lassen muss. Die Strömung treibt sie dann in Richtung …« Teni dachte kurz nach. Auf Talbot Island gab es kein Mobilfunknetz. Es gab also keine Möglichkeit, schnell die Gezeiten nachzusehen, aber das brauchte sie auch nicht. Sie hatte Erfahrung. »Henry's Point.« Fast alles, was in der Bucht um Talbot herum verloren ging, wurde irgendwann dort angespült. Strandspaziergänger und Schatzsucher schwärmten nach jedem Sturm in Scharen dorthin aus, um interessantes Treibgut oder eine schöne Muschel zu finden.

»Also zurück ins Boot«, sagte Callen, sprang hinein und hielt ihr eine Hand hin, die Teni ergriff.

Früher hatten sie sich oft an den Händen gehalten, wenn sie unter den Weiß-Eichen und den schwarzen Walnussbäumen von Talbot durch den Wald gelaufen waren, auf Eicheln und getrocknete Blätter getreten und über golfballgroße Walnüsse gestolpert waren. Ihre Hände waren ganz schwarz gewesen, weil sie immerzu die Nüsse geknackt und die Kerne gegessen hatten. So viele Erinnerungen waren mit diesem Mann verbunden! Die besten ihres Lebens, aber auch die absolut schlimmste überhaupt ...

»Alles wird gut«, sagte er nun, legte ihr beruhigend eine Hand auf die Schulter.

Sie nickte und kämpfte gegen die starken Gefühle an, die sie bestürmten, während der Regen immer stärker auf sie beide niederprasselte.

Bilder von Julia gingen ihr durch den Kopf: ihre pinkfarbenen Kuschelsocken, ihr dunkelroter Lippenstift, der nur an Julia gut aussah. Ihr gemeinsamer Abend mit reichlich Popcorn und Mädelsfilmen lag nur wenige Stunden zurück. Julia war nicht nur ihre Cousine, sie war auch ihre beste Freundin. Falls ihr irgendetwas zugestoßen sein sollte ...

Teni schluckte und weigerte sich innerlich dagegen, diese Gedanken weiterzuverfolgen.

Die Bootsfahrt hinaus nach Henry's Point dauerte keine fünf Minuten, aber heute kam sie ihr vor wie eine Ewigkeit. Warum hatte sie so große Angst? Wahrscheinlich hatte sich Julia nur in die Hand geschnitten. Deswegen das Blut. Die Wellen waren immer stärker geworden und so hatte sie sich von der Strömung nach Henry's Point treiben lassen, anstatt zu versuchen, gegen die Strömung anzukämpfen und zurück zum Bootshaus zu schwimmen. Aber warum hatte Julia nicht eine oder zwei Minuten auf sie gewartet? Das ergab einfach keinen Sinn.

Callen konzentrierte sich darauf, den seichten Stellen auszuweichen, während sie sich der kleinen Insel näherten. Henry's Point war nicht viel mehr als eine Sandbank. Früher hatten sie viele Sommertage hier verbracht. Der Regen wurde immer dichter, die Wolken immer grauer. Teni kniff die Augen zusammen und versuchte, am Ufer zwischen dem Sumpf und dem Sand ihre Cousine ausfindig zu machen.

Bitte wink mir zu!

Die Insel war vom Boot aus gut zu sehen, aber keiner von ihnen sah jemanden am Ufer stehen. Vielleicht lag ihre Cousine ja völlig erschöpft irgendwo im Sumpf.

»Julia!«, rief sie.

Callen fuhr um die Sandbänke herum, hielt aber einen gewissen Abstand zum Ufer. »Ich kann nicht näher heranfahren. Sonst bleiben wir stecken.«

»Ich schwimme hinüber.« Ohne auch nur einen Moment zu zögern, stürzte sich Teni in die Wellen. Da drang Callens Stimme zu ihr durch, aber sie wurde vom Regen und von dem Rauschen der Wellen übertönt. Sie würde sich sowieso nicht von ihm bremsen lassen, falls das seine Absicht war. Die Strömung war stark, aber sie wusste, dass es keinen Sinn machte dagegen anzuschwimmen. Stattdessen ließ sie sich von ihr hinaustreiben und schwamm dann in einem anderen Winkel zurück zur Insel.

Nur wenige Augenblicke vor Callen kam sie am Ufer an. Er war voll bekleidet und triefend nass.

»Was machst du denn hier?«, fragte sie.

»Ich habe mir Sorgen gemacht, dass du es nicht schaffst, gegen die Strömung anzukommen.«

»Danke, aber ich komme schon zurecht.« Sie war schon immer eine gute Schwimmerin gewesen, aber ihm war es trotzdem jedes Mal gelungen, sie zu schlagen. Er hatte immer gesagt, dass er diese angeborenen Fähigkeiten seinen Genen verdanke, da er von den Ureinwohnern der Insel, den Pocomokes, abstammte. Sie dagegen hatte hart trainieren müssen, während ihm diese Gabe in die Wiege gelegt worden war, ohne dass er sich hatte anstrengen müssen.

Jetzt stapften sie Seite an Seite durch den Sumpf. Teni versank bis weit über die Knöchel, während der Regen kalt auf ihre Haut prasselte. Ihr Badeanzug bot ihr vor dem wolkenbruchartigen Regen keinen Schutz.

»Julia?«, rief sie wieder.

»Julia!«, schrie Callen.

Von der Nordspitze aus arbeiteten sie sich zur Südspitze der Insel vor. Teni wollte schon aufgeben und sich einreden, dass Julia wahrscheinlich inzwischen sicher im Bootshaus angekommen war und ihr eine absurde Geschichte erzählen würde. Doch dann flüsterte Callen: »Dort.«

Julia. Sie lag mit dem Gesicht nach unten im Sand, ihre Gliedmaßen hatten sich im Sumpf verfangen.

Teni eilte los und drehte den leblosen Körper ihrer Cousine um. Am Kopf hatte sie seitlich eine tiefe Wunde. Ihre Augen standen offen und waren seltsam leer. Sand klebte an ihren Lippen.

Teni befreite Julias Nase und Mund vom Schlick und versuchte, sie zu reanimieren.

Da zog Callen sie zurück und nahm sie in seine Arme. Er drückte ihren zitternden Körper an sich und legte seine starken Arme schützend um sie. »Sie ist tot, Teni. Sie ist tot.«

»Nein!« Sie schüttelte den Kopf und Tränen strömten ihr übers Gesicht. »Das kann nicht sein! Wir haben doch gerade erst meine ...«

Vor zwei Jahren hatte sie bei einem tragischen Bootsunfall ihre Eltern verloren und jetzt war Julia, die wie eine Schwester für sie gewesen war, auch tot. Sie blinzelte und heiße Tränen liefen ihr über das kalte Gesicht. *Das kann doch gar nicht wahr sein ...*

»Ich weiß.« Fürsorglich legte Callen Teni eine Hand um die Schultern. Ihr Blick wanderte wieder zu Julia. Die nassen Haare ihrer Cousine waren mit Sand, Schlamm und Blut verklebt. Hatte sie sich den Kopf an der Boje aufgeschlagen?

Teni schniefte, zog leicht den Kopf zurück und blickte zu Callen auf, der ihr jetzt die Hand über die Stirn legte, um ihre Augen vor dem Regen abzuschirmen. »Die Wunde ist so groß, dass eine sehr starke Welle sie direkt gegen die Boje geworfen haben muss«, mutmaßte sie.

»Das stimmt. So könnte es sich abgespielt haben, wenn sie die Welle nicht hatte kommen sehen. Sie könnte sich aber auch einen Teil ihrer Verletzungen an den Felsen im seichten Wasser zugezogen haben, als die Strömung sie nach Henry's Point getrieben hat. Man sieht schon die Hämatome, die sich bilden.«

Teni nickte. Sie lehnte ihren Kopf an Callens Schulter – seltsam, eigentlich hatte sie nie gedacht, dass sie das je wieder tun würde – und weinte um ihre Cousine.

Kapitel 3

»Ich hole sie«, flüsterte Callen. »Warte du im Boot.«

»Nein.« Schluchzend schüttelte Teni den Kopf.

Er runzelte die Stirn. »Warum nicht?«

»Nein. Erst muss alles dokumentiert werden.«

»Teni, sie hat sich den Kopf angeschlagen und ist ertrunken. Es war ein Unfall.«

»Aber meine Aufgabe als Wasserschutzpolizistin ist es, jeden Fall zu dokumentieren, auch wenn es *nur* ein Unfall ist.« Sie würde professionell sein. Das war sie Julia schuldig.

»Okay, was musst du tun?«

»Ich brauche die Tasche aus meinem Boot, um sie zu fotografieren, bevor wir sie bewegen.«

»Teni …?«

»Ich will alles so machen wie sonst auch.«

»Okay.« Callen hob resigniert die Hände. Er hatte schon vor langer Zeit kapiert, in welchen Fällen sie keinen Millimeter von ihrem Standpunkt abwich. »Wir fahren zurück und holen deine Tasche.«

Doch wieder schüttelte Teni den Kopf. »Ich will sie nicht allein lassen.« Sie sah Callen direkt an. Mit seinen 1,83 m Körpergröße überragte er sie um fast dreißig Zentimeter. »Würdest du sie bitte holen?«

Callen fuhr sich mit der Hand durch sein nasses Haar. »Selbstverständlich. Wo genau ist sie?«

Sie erklärte es ihm und er ließ sie mit Julia allein zurück. Ein abgrundtiefer Schmerz erfüllte Teni. Die einzige Wärme, die sie spürte, waren die Tränen, die ihr übers Gesicht liefen. Zuerst ihre Eltern und jetzt Julia. Warum passierte das alles? Warum riss Gott alle Menschen, die sie liebte, gewaltsam aus ihrem Leben?

Wenig später schaute Callen dabei zu, wie Tennyson Kent in ihrem Element war. Er hatte sie noch nie an einem Fall arbeiten sehen, aber angesichts des Verlustes, den sie gerade erlitten hatte, gelang es ihr mit beeindruckender Konzentration und Professionalität, den Unfall ihrer Cousine zu dokumentieren. *Die arme Teni! Und das, nachdem ihr Verlobter wie aus heiterem Himmel die Insel verlassen hatte!* Callen war Lenny begegnet, als der mit seinem Boot von Talbot weggefahren war. Er hatte ihn über Funk gefragt, ob etwas passiert sei, und dabei erfahren, dass Tenis Verlobung gelöst war. Das tat ihm leid für sie. Andererseits bekam er dadurch vielleicht eine unverdiente zweite Chance, das Herz der Frau zu erobern, die er schon immer geliebt hatte, auch wenn er so dumm gewesen war, sie gehen zu lassen.

»Okay«, sagte sie, während sie ihre Kamera wieder mit dem Regenschutz überzog. »Wir können sie jetzt nach Hause bringen.«

Er nickte, bückte sich und hob Julias leblosen Körper vorsichtig auf. Sein Herz zog sich zusammen, als er sich daran erinnerte, wie seine Mutter ihm als Sechsjährigem aufgetragen hatte, Julia zu halten. Sie war ein weinendes, unruhiges und sehr kleines Baby in seinen Armen gewesen. Aber sie war Tenis Cousine gewesen, ein neues Familienmitglied der Kents. Und alle hatten versucht, sich mit den Kents gut zu stellen.

Jetzt war sie ein regungsloser, toter Körper in seinen Armen. Er versuchte, nicht in ihre Augen zu schauen, denn er hätte schwören können, dass sie angsterfüllt waren. Hatte sie den ersten Schlag gegen die Boje überlebt? Er betete, dass dies nicht der Fall gewesen war. Dass sie sofort gestorben war und nicht hatte leiden müssen, als die Strömung und der Sog sie nach Henry's Point getrieben hatten. Früher war die Düneninsel Schauplatz wunderbarer Momente gewesen, aber jetzt war sie für ihn mit zwei schrecklichen Verlusten verbunden: Zuerst hatte er dort vor zehn Jahren durch sein gedankenloses Gerede Teni verloren, nachdem er etwas Furchtbares getan und damit ihre Beziehung zerstört hatte. Und jetzt hatten sie wegen der stürmischen See Tenis Cousine verloren und ihre Leiche auf Henry's Point gefunden.

Er schluckte, als er Julia unter Deck brachte und sie mit einem Laken aus seiner Kajüte zudeckte. Teni stand oben auf der Treppe Wache und umklammerte mit blau gefärbten Fingern das Geländer. *Wo war er nur mit seinen Gedanken? Warum fiel ihm erst jetzt auf, dass sie völlig durchgefroren war?*

Schnell holte er die Daunendecke aus dem Schrank neben seiner Koje und wickelte sie um Teni. »Das wärmt dich hoffentlich ein wenig auf.«

Sie wickelte die Decke eng um ihren zierlichen Körper. »Danke.«

Er nickte. »Wir informieren die Festlandspolizei von dem Unfall, aber ich bezweifle, dass sie es riskieren werden, in diesem Sturm jemanden zu schicken.«

Der Nordoststurm, der an der amerikanischen Ostküste tobte, hatte am Nachmittag die Richtung geändert und würde sie morgen voll treffen. Die Talbot-Insel hatte keine eigene Polizei. Der Fall fiel also in den Zuständigkeitsbereich von Crisfield – der nächstgelegenen Stadt auf dem Festland, die aber trotzdem eine Stunde mit dem Boot entfernt war.

Teni nickte. »Davon gehe ich auch aus. Ich melde den Unfall telefonisch, wenn wir am Ufer sind.«

Ohne Mobilfunkempfang, Kabelfernsehen und einigen anderen modernen Annehmlichkeiten war die Insel nach den Worten vieler Touristen »in der Vergangenheit stehen geblieben«, aber dennoch hatte sie viele reizvolle Seiten. Zum Beispiel waren die Inselbewohner nach dem Ende der Touristensaison von der Außenwelt abgeschnitten.

Als Ermittler des Bundesamts für Alkohol, Tabak, Schusswaffen und Sprengstoffe hatte er weitreichende Erfahrungen in solchen Fällen und Teni als Beamtin bei der Umwelt- und Wasserschutzpolizei wusste, dass sie beide für die ordnungsgemäße Aufbewahrung der Leiche verantwortlich waren, bis ein Gerichtsmediziner nach dem Sturm ungefährdet auf die Insel kommen konnte.

Nach wenigen Minuten näherten sie sich dem Pier der Kents. Seit dem tragischen Tod ihrer Eltern war es Tenis Pier. Callen schluckte einen dicken Kloß herunter, der sich in seinem Hals gebildet hatte, als ihm schmerzlich bewusst wurde, wie schrecklich Julias Tod für Teni sein musste. So kurz nach dem Unfall ihrer Eltern musste sie nun auch noch damit fertigwerden.

Callen überließ Teni das Steuer und sprang auf den Pier, während sie das Boot seitlich neben den Steg lenkte. Dort band er das Seil fest. Nachdem er sich vergewissert hatte, dass das Boot gut gesichert war, sprang er wieder hinein und suchte Teni. Sie war unter Deck und stand schluchzend da, über den Leichnam von Julia gebeugt.

Sachte legte er ihr die Arme um die Schultern und legte behutsam sein Kinn an ihren Kopf, wie er es früher so oft getan hatte. »Es tut mir so unendlich leid.« *Es tat ihm mehr leid, als er sagen konnte, und damit meinte er nicht nur den tödlichen Badeunfall von Julia.*

Teni musste schlucken, das spürte er. Dann drehte sie sich entschlossen zu ihm um und wischte sich zitternd mit dem Handrücken die Tränen aus den Augen. »Wir müssen entscheiden, wo wir Julia aufbewahren, bis die Gerichtsmedizinerin vom Festland herüberkommen kann.«

»Ich weiß. Überlass das bitte mir.«

Sie schüttelte den Kopf. »Sie ist meine Cousine.«

»Vielleicht im Feuerwehrhaus?«

»In diesem wackeligen Schuppen? Bei diesem Sturm ist das Feuerwehrhaus nicht sicher. Und dort gibt es auch keinen Keller.«

Diesen Blick in ihren Augen kannte er.

Sie fuhr sich mit einer Hand über den Nacken. »Der Eiskeller.«

»Wie bitte?«

»Der Keller ist zum größten Teil unter der Erde und dadurch gut vor dem Sturm geschützt. Dort ist es sicher und die kalten Temperaturen werden ... den Verwesungsprozess verlangsamen.« Sie schluckte den nächsten Schluchzer herunter, der ihren zarten Körper erschüttern wollte.

»Gute Idee. Ich bringe sie dorthin. Und du rufst die Festlandspolizei an.«

»Ich komme mit. Telefonieren können wir auch danach noch.«

Er nickte. Schließlich wusste er, dass sie diesen Todesfall professionell bearbeitete, Schritt für Schritt. Sie war eine gute Ermittlerin und eine noch bessere Cousine.

Jensen und Maxine, die Hausmeister der Kents, die sich um das Anwesen kümmerten, wenn Teni nicht hier war, kamen aus dem Haus gelaufen.

»Wa... was ... was ist passiert?«, fragte Maxine,

während Jensen Teni in die Arme nahm. Beide wussten offenbar, dass die zwei Frauen schwimmen gegangen waren. Wahrscheinlich hatten sie ihnen wie immer nachgewinkt.

»Julia hatte einen Unfall«, sagte Callen, da er wusste, dass es Teni schwerfallen würde, diese schmerzvollen Worte auszusprechen.

»Einen Unfall?«, fragte Jensen. Maxine schluchzte.

Callen erklärte ihnen in kurzen Worten, was passiert war, um Teni die schrecklichen Details und ihre mutmaßlichen Überlegungen dazu zu ersparen. Er ging davon aus, dass sie mit ihren Vermutungen richtig lagen, aber solange die Gerichtsmedizinerin die Leiche nicht untersucht hatte, waren es nur Vermutungen und keine Fakten.

Sie legten Julia, die immer noch in das Bettlaken eingewickelt war, auf die kalte Steinbank im Eiskeller.

Maxine lief los und pflückte einige Herbstblumen, die vom Regen ganz nass waren. Die legte sie auf Julias bedeckte Brust.

»Komm, wir lassen sie allein, Maxie«, sagte Jensen nach einer Weile, »damit sie in Frieden Abschied nehmen kann.«

»In Frieden? Welchem Frieden?«, fragte Teni. Dann blinzelte sie schnell. Offenbar hatte sie das nicht laut sagen wollen.

Jetzt war nicht der richtige Zeitpunkt, um ihr etwas von Gottes Souveränität oder dem Frieden, mit dem er sie erfüllen wollte, zu erzählen. Sie brauchte erst einmal Zeit, um zu trauern, um den Schmerz zu verarbeiten. Callen vertraute darauf, dass Gott Teni durch die kommenden Tage, Wochen und Monate der Trauer tragen würde. Falls er selbst irgendetwas für sie tun konnte, wäre er für sie da, auch wenn das in der Vergangenheit nicht der Fall gewesen war. Diesen Fehler würde er bestimmt kein zweites Mal machen, falls sie ihm das erlaubte.

»Soll ich die Festlandspolizei anrufen?«, bot er ihr an.

»Nein. Das mache ich selbst. Ich werde diesen Unfall genauso behandeln und melden wie jeden anderen. Dieser Fall fällt in den Zuständigkeitsbereich der Umwelt und Wasserschutzpolizei. Ich lasse nach dem Sturm unsere Gerichtsmedizinerin kommen. Das ist unser Fall.«

Er kannte sich mit den internen Abläufen dieser Behörde nicht so genau aus. Aber er hatte sich informiert, als er gehört hatte, dass Teni in die Fußstapfen ihres Vaters, ihres Großvaters und ihres Urgroßvaters getreten war, die alle bei der Wasserschutzpolizei gewesen waren. Ihr Urgroßvater war Gründungsmitglied der Oyster Police gewesen, aus der später die

Umwelt- und Wasserschutzpolizei hervorgegangen war. Daher wusste Callen, dass sie recht hatte, was die weitreichenden Befugnisse ihrer Behörde betraf. Sie arbeitete zwar normalerweise mit den lokalen Polizeikräften zusammen, aber dieses Unglück war auf dem Wasser passiert und fiel daher komplett in den Zuständigkeitsbereich ihrer Behörde. Die Umwelt- und Wasserschutzpolizei war eine interessante Einheit, die es nur an den Ufern und Wasserwegen des Bundesstaates Maryland gab.

Callen folgte Teni zurück zum Haupthaus, wo sie ihren Vorgesetzten anrief und ihm den Unfall meldete. Dann rief sie ihre Gerichtsmedizinerin an.

Schließlich räusperte sich Jensen, rang seine faltigen Hände und suchte unübersehbar nach den richtigen Worten. »Ich mache das Haus sturmsicher.«

»Das erledige ich«, sagte Callen.

Jensen schaute Teni fragend an.

»Callen und ich können das übernehmen«, sagte Teni. »Kümmert ihr beide euch lieber um euer eigenes Haus.«

»Sind Sie sich da sicher, Miss Tennyson?«

»Absolut. Und wie oft habe ich euch beiden schon gesagt, dass ihr Teni zu mir sagen sollt?«

»Natürlich, Liebes.« Maxine beugte sich vor und drückte Teni einen Kuss auf die Stirn. Die beiden arbeiteten schon seit Ewigkeiten für die Kents, solange Callen zurückdenken konnte. Sie waren immer ein Teil vom Leben der beiden Mädchen gewesen – die zwei Cousinen waren fast wie Schwestern aufgewachsen, nachdem sich Julias Eltern hatten scheiden lassen und beide wieder geheiratet hatten. Das Mädchen war damals völlig durcheinander gewesen, bis Tenis Eltern sie bei sich aufgenommen hatten. Julia war zu ihnen auf die Insel gezogen und mit ihnen zusammen aufgewachsen.

Mit *ihnen*.

Sie waren immer gemeinsam unterwegs gewesen. Er und Teni waren hier aufgewachsen. Zusammen. Und dann hatte er alles in einer einzigen Nacht auf dem Campus zerstört. Er hatte getrunken und war mit Leuten zusammen gewesen, die nie wirklich seine Freunde gewesen waren. Und mit einem Mädchen, an deren Namen er sich am nächsten Morgen nicht einmal hatte erinnern können, weil der Alkohol seinen Verstand so benebelt hatte. Das war der absolut falsche Weg gewesen, mit dem Tod seines Vaters umzugehen. Aber sein Tod hatte so wehgetan, und statt nach Talbot zurückzukehren, um bei Teni Trost zu suchen, war er an jenem Wochenende im Studentenwohnheim geblieben und hatte in den Armen der Falschen Trost gesucht.

Teni nahm den Werkzeugkasten, den Jensen auf den Tisch in der Eingangshalle gestellt hatte. »Ich schaffe das selbst. Du solltest lieber dein eigenes Haus sturmsicher machen.«

»Das habe ich schon gemacht. Gleich als gemeldet wurde, dass der Sturm seine Richtung geändert hat. Ich bleibe und helfe dir.« Entschieden nahm er ihr den Werkzeugkasten aus der Hand. »Du solltest dir darüber keine Gedanken machen. Überlass diese Arbeit mir.«

»Nein.« Sie schüttelte den Kopf und war wie immer dickköpfig. »Glaub mir, die Ablenkung tut mir gut.«

Callen verstand nur zu gut, wie sehr man sich nach dem Tod eines geliebten Menschen nach Ablenkung sehnte. Er hatte mit seinem Versuch, sich abzulenken, damals seine Beziehung zu Teni zerstört.

Kapitel 4

Teni stellte zuerst den einen Fuß in das warme Schaumbad der luxuriösen Badewanne, dann den anderen. Ein beruhigender Lavendelduft verbreitete sich im Raum und der Dampf, der aus der Wanne aufstieg, legte sich auf den vergoldeten Spiegel, der über dem luxuriösen Waschbecken hing.

Callen hatte ihr wie versprochen geholfen, das Haus sturmsicher zu machen, und auch danach war er noch eine Zeit lang bei ihr geblieben. Erst gegen zehn Uhr war er nach Hause gegangen und hatte ihr gesagt, dass sie Schlaf brauche. Als ob sie heute Nacht schlafen könnte!

Sie war immer noch nicht ganz sicher, wie sie dazu

stand, dass ausgerechnet Callen ihr half. Damals, nach seinem Verrat, war sie am Boden zerstört gewesen. Aber dass er heute hier gewesen war, hatte ihr einen unerklärlichen Frieden gebracht und für eine gewisse Stabilität gesorgt. Inmitten des Sturms, der unaufhörlich in ihr wütete.

Teni setzte sich in der Wanne zurecht und zuckte zusammen, als in der Nähe ein Blitz einschlug und Schatten auf den gefliesten Boden warf.

Dann atmete sie tief durch. Ihre Mutter würde mit ihr schimpfen, weil sie bei Gewitter in der Badewanne saß. Aber ihre Mutter war nicht mehr da. Und jetzt auch noch Julia.

Als sie tiefer ins Wasser sank, kitzelte sie der Schaum am Kinn und der angenehme Lavendelduft stieg ihr in die Nase.

Beruhige dich, Teni. Du bist stark. Du bist eine Kämpferin. Du wirst nicht zerbrechen. Und auch wenn es sich gut angefühlt hat, Callen in deiner Nähe zu haben, du brauchst ihn nicht.

Wieder atmete sie tief ein.

Du brauchst niemanden.

Denn sie konnte sich nicht sicher sein, dass er bleiben würde. Schließlich konnte alles von einem Augenblick auf den anderen verloren sein. Diese Erfahrung hatte sie machen müssen.

*

Als er sich dem Haus näherte, sah er Kerzenlicht, das hinter dem Badezimmerfenster im ersten Stock flackerte. Warum Kerzen? Er verstand nicht ganz, warum sie Kerzen anzündete, solange der Strom noch da war. Aber andererseits waren die offenen Flammen für seine Pläne wie geschaffen. Einfach perfekt.

Rasch ging er die vier Betonstufen hinunter, die von außen in den Keller führten, und betrat den dunklen, feuchten Raum. Dort nahm er seine Taschenlampe zur Hand und schaute sich um. Dass die Sturmschutzläden die zwei kleinen Fenster bedeckten, kam ihm jetzt sehr gelegen. Solange Tennyson oben blieb, war er hier unten völlig ungestört.

Ohne Zeit zu verlieren, ging er an die Arbeit und folgte der Gasleitung, die vom Gastank in den Keller und weiter zum Durchlauferhitzer führte.

*

Ruckartig setzte Teni sich in der Wanne auf und erstarrte, als draußen etwas im Wind klapperte.

Hatte sich im Sturm ein Fensterladen gelöst? Oder war sie nur übertrieben nervös? Wegen Julias Tod und ihrem Streit mit Jared Connor. Jared hatte sie heute heftig angegangen, weil sie entschieden hatte, dass Fähren die Insel anfahren durften.

Teni spitzte die Ohren. Sie verhielt sich so still wie eine Maus im Angesicht einer Katze.

Da ist es wieder. Etwas klapperte. War die Kellertür aufgegangen oder ein Fensterladen?

Sie zog den Badewannenstöpsel heraus und nahm das flauschige weiße Handtuch vom Heizkörper. Schnell wickelte sie sich darin ein und stieg aus der Wanne auf den flauschigen Badezimmerteppich. Als sie sich fertig abgetrocknet hatte, schlüpfte Teni in ihre Jogginghose, zog ein langärmliges T-Shirt an und entschied sich für ein Paar pinkfarbener Kuschelsocken, die sie an Julia erinnerten. Dann ging sie die Treppe hinunter.

Er warf einen Blick nach oben, zur Decke und lauschte. Irgendwo lief Wasser ab. Und da waren Schritte, die sich über den Fußboden bewegten. Die alten Bodendielen knarrten bei jeder Bewegung. Er musste sich also beeilen.

Teni machte in der Küche das Licht an. Das Haus wirkte absolut ruhig, obwohl draußen der Sturm wütete. Maxine und Jensen waren in ihrem eigenen

Haus auf der anderen Seite des Geländes. Vielleicht war das Geräusch, das sie gehört hatte, auch nur ein Ast gewesen, der gegen ein Fenster im Erdgeschoss geschlagen hatte, und das Geräusch klang im Badezimmer vielleicht lauter, als es in Wirklichkeit war. Bestimmt waren nur ihre Nerven überreizt und die Fantasie ging mit ihr durch. Andererseits wollte sie auch nichts riskieren. Ein wenig Vorsicht konnte nicht schaden.

Besonders dann, wenn sich eine der Sturmabdeckungen gelöst hatte. Erfahrungsgemäß hatte der Nordoststurm noch nicht seine volle Stärke erreicht. Das hier waren nur seine Vorboten.

Teni schlüpfte in ihren gelben Regenmantel und die gelben Gummistiefel, auf denen bunte Enten mit Schirmen abgebildet waren, nahm die Taschenlampe vom Haken neben der Tür und trat auf die Veranda hinaus. Der stürmische Wind zerrte an ihrem noch feuchten Haar, das sie zu einem Knoten gebunden hatte.

Da klingelte das Telefon im Haus. Teni drehte sich um. Wahrscheinlich wieder ein Beileidsanruf wegen Julias Tod. Die traurige Nachricht hatte sich bereits auf der ganzen Insel herumgesprochen. Das Mitgefühl der Insulaner war gut gemeint, aber es machte für sie alles nur noch schlimmer. Denn sie kehrte in Gedanken jedes Mal zu dem Moment zurück, als sie Julias leblosen Körper umgedreht hatte und ...

Entschlossen schluckte Teni den Kloß in ihrer Kehle hinunter, ging ins Haus zurück und nahm das Telefon ab. Währenddessen schlüpfte sie aus ihrer Jacke und legte die Taschenlampe auf den Tisch neben dem Telefon.

»Hallo?«

»Hey, Tennyson.«

»Alex.«

Sie drehte sich mit dem Rücken zum Tisch herum und lehnte sich an das alte Möbelstück.

»Ich wollte dir nur Bescheid geben, dass ich gut zurückgekommen bin. Ich hätte schon vor Stunden anrufen sollen, aber ich wollte mich erst vergewissern, dass Lenny gut bei seinen Freunden angekommen ist.«

»Lenny?« War der nicht wie geplant nach Talbot zurückgefahren?

»Er hat gesagt, dass der Sturm schneller aufzieht, als er erwartet hatte. Deshalb hat er sein Boot im Hafen wetterfest gemacht und vertreibt sich die Zeit bei Freunden, bis der Sturm vorbei ist.« Alex räusperte sich. »Hör zu ...« Er zögerte, bevor er weitersprach. »Ich weiß, dass der heutige Tag nicht leicht war, aber es war für uns beide die richtige Entscheidung.«

Nach dem, was mit Julia passiert war, war die Trennung von ihm längst nicht mehr ihre größte Sorge. Aber Alex wusste nichts von dem Unfall und sie schaffte es auch nicht, ihm davon zu erzählen.

»Danke für deinen Anruf, Alex. Aber ich habe jetzt keine Zeit.«

»Okay. Pass in diesem Sturm gut auf dich auf.«

Welchen Sturm meinte er? Den, der draußen wütete, oder den, der sie innerlich schier zerriss?

»Mach's gut, Teni.«

»Du auch, Alex.« Sie legte auf, doch im nächsten Moment klingelte das Telefon erneut.

Sie atmete tief durch, bevor sie den Hörer abnahm und sich für den nächsten Kondolenzanruf wappnete.

»Hey, Teni«, sagte Callen. »Entschuldige, dass ich so spät noch anrufe.«

Teni warf einen Blick auf die riesige Uhr, die über dem gemauerten Kamin in der Küche hing. Es war elf. Verglichen mit einigen nächtlichen Abenteuern, bei denen sie als Jugendliche versucht hatten, Rätsel zu lösen, war es nicht besonders spät. Es war ihr Glück gewesen, dass ihre Mutter so nachsichtig gewesen war. Teni hatte ihre Geduld jedenfalls öfter auf die Probe gestellt. Sie hoffte nur, dass ihre eigenen Kinder, die sie vielleicht irgendwann einmal bekommen würde, nicht so mit ihr umgingen.

»Ich wollte nur hören, wie es dir geht.«

Bei dem Mitgefühl, das in dieser einfachen Frage mitschwang, liefen ihr sofort wieder die Tränen übers Gesicht.

»Teni?«

»Ja.« Mit dem Handrücken wischte sie sich die Tränen weg. »Entschuldige. Ich war in Gedanken kurz weg. Ich komme schon klar.«

»Bist du sicher? Ich bin nur sehr ungern gegangen, aber ich wollte dir ein wenig Ruhe gönnen, damit du schlafen kannst.«

Schlaf würde sie in dieser Nacht bestimmt nicht finden. Dafür war einfach zu viel passiert.

Da erregte ein quietschendes Geräusch ihre Aufmerksamkeit.

Es klang nahe. *Sehr* nahe. Eine Gänsehaut lief ihr über die Arme.

Teni erstarrte und spitzte die Ohren, aber das Quietschen war verstummt.

»Teni?«, fragte Callen noch einmal. »Bist du sicher, dass du klarkommst?«

»Ja«, sagte sie, konzentrierte sich aber gleichzeitig auf eventuelle Geräusche, die von draußen an ihr Ohr drangen. Stimmte da etwas nicht? »Ich komme klar.«

»Okay. Dann ...« Die Verbindung wurde getrennt.

Sie seufzte.

Musste denn jeder Sturm auf der Insel gleich die Telefonleitungen lahmlegen?

Schließlich stellte sie das Telefon wieder auf die Ladestation und ging in die Küche, um sich einen heißen Kakao zu machen. Der kurze Moment auf der Veranda hatte genügt, um sie bis auf die Knochen auszukühlen, und sie brauchte etwas, um sich ein wenig zu entspannen. Ihre Nerven waren zum Zerreißen gespannt. Dass alte Häuser knarrten, war doch völlig normal, besonders bei einem Sturm. Warum hämmerte dann ihr Herz so, als würde ihr von irgendwoher Gefahr drohen? Der Gedanke, dass Jared Connor ihr zurück zu ihrem Haus gefolgt sein könnte, bereitete ihr Unbehagen.

Lass dich von ihm nicht mehr einschüchtern. Diese Zeiten sind vorbei. Er war schon immer ein grober Klotz.

Es lag nur daran, dass ihre Gefühle heute Achterbahn fuhren: Jareds Drohungen, Alex, der ihre Verlobung gelöst hatte, der plötzliche Tod ihrer lieben Julia. Kein Wunder, dass sie in einer sehr empfindlichen und verwundbaren Verfassung war. Aber sie würde der Angst, die ihr keine Ruhe lassen wollte, nicht nachgeben. Auch wenn ihre Intuition lautstark etwas anderes sagte.

Er arbeitete so schnell und so leise wie möglich. Er musste dafür sorgen, dass Tennyson das Gas nicht roch, bevor es sich im Keller weit genug ausgebreitet und die Zündflamme im Durchlauferhitzer erreicht hatte. Die Flamme hatte sie sicherlich angelassen, weil sie ja zum Baden heißes Wasser benutzt hatte.

Er schaute sich im Raum um und lächelte, als der Strahl seiner Taschenlampe auf den weihnachtlichroten Samtrock fiel, der in einem durchsichtigen Plastikbehälter verstaut war.

Er musste so geräuschlos wie möglich vorgehen.

Schnell kroch er zu dem Behälter, öffnete ihn, zerknüllte den Rock mit seinen Händen, über die er Handschuhe gestreift hatte, und ging ganz vorsichtig die Kellertreppe hoch. Dort steckte er den Rock in den Spalt zwischen der Abstellkammertür und dem Fußboden. Obwohl sie in der Küche war - nur ein Raum von der Abstellkammer entfernt -, würde er durch das Abdichten des Spaltes die Zeit gewinnen, die nötig war, damit sich das Gas in dem kleinen Raum ausbreiten konnte. Und dann hieß es Abschiednehmen von Tennyson Kent. Der kurze, aber tödliche Knall der Explosion würde seine ganzen Sorgen ein für alle Mal wegblasen.

Teni zog den Wasserkessel vom Herd und schaltete die tanzenden Gasflammen aus. Sie goss das heiße Wasser über das dunkle Schokoladenpulver, das sie in ihre Lieblingstasse gegeben hatte. Dabei kam sie versehentlich mit der Hand an den kochendheißen Kessel. Vor Schmerz zuckte sie zusammen und verschüttete dabei aus Versehen den Kakao auf ihr hellgraues T-Shirt.

Na toll! Mit einem Stöhnen stellte sie den Kessel wieder auf den Herd und hielt ihre Hand unter fließendes kaltes Wasser, um die verbrannte Stelle zu kühlen. Dummerweise bildete sich bereits eine Brandblase an ihrem Handballen. Sie drehte das heiße Wasser auf und nahm ein Geschirrtuch vom Haken. Hoffentlich bekam sie mit dem heißen Wasser die Flecken aus ihrem Lieblingsshirt heraus.

Ein Blitz erhellte die Bäume, die vor ihrem Küchenfenster standen, und ein Donner erschütterte das ganze Haus.

Teni lief ein eisiger Schauer über den Rücken.

Waren das ... die Umrisse eines Mannes? War Jared zurückgekommen?

Der laute Donner ließ sie innerlich erbeben.

Der nächste Blitz zuckte über den pechschwarzen Nachthimmel und beleuchtete erneut den Wald und eine Gestalt, die scheinbar davonlief.

Sie schluckte. *Da draußen war eindeutig jemand.* Sie nahm ihre Pistole und die Taschenlampe, schlüpfte in ihren Regenmantel und eilte hinaus, während sie im Vorbeilaufen das Verandalicht einschaltete.

Die Metalllampe fühlte sich in ihrer immer noch brennenden Handfläche kühl an, während sie auf die Bäume zu rannte. In dem Moment, als sie einen Fuß in den Wald setzte, erschütterte eine Explosion die Luft und ließ den Boden erbeben. Teni wurde von einer starken Druckwelle in den Wald hineingeschleudert.

Kapitel 5

In Tenis Kopf schwamm alles. Dunkelheit und eine starke Hitze hüllten sie ein. Etwas rüttelte an ihr. Sie versuchte, die Augen aufzuschlagen, aber ihre Lider waren so schwer. So furchtbar schwer. Und warum hatte sie so große Mühe zu atmen?

Wieder rüttelte jemand an ihr. Dieses Mal gelang es ihr wenigstens, ihre Augenschlitze zu einem Blinzeln zu bewegen. Regen prasselte auf sie herab und Callen kniete neben ihr. Er beugte sich so dicht zu ihr herunter, dass sein Gesicht nur wenige Zentimeter über ihrem war. Eine große Angst sprach aus seinen dunklen Augen.

Ein Blitz zuckte am Himmel, sofort folgte ein Donner.

Sein Mund bewegte sich, aber sie hörte nichts anderes als ein lautes Klingeln in ihren Ohren.

Callen rüttelte sie erneut. »Teni«, las sie von seinen Lippen ab.

Sie blinzelte und musste so sehr husten, dass ihre Schultern und ihr Brustkorb von starken Schmerzen erfasst wurden.

»Oh, Gott sei Dank!«, sagte Callen, dessen Stimme endlich das Klingeln in ihren Ohren übertönte. Sie rang um Luft zum Atmen und er nahm sie in seine Arme. Hohe, bedrohliche Flammen tanzten hinter ihm.

Was war hier los?

Sie blinzelte. *Die Flammen zerstörten ihr Haus! Das Haus ihrer Familie!*

»Nein!« Sie riss sich aus seinen Armen los und plötzlich drehte sich alles in ihrem Kopf.

»Teni«, hörte sie Callen trotz des unablässigen Klingelns in ihren Ohren rufen. »Beruhige dich! Dir ist nichts passiert.«

»Aber mein Haus!« Seit 1767, als ihre Vorfahren in den Besitz der Insel gekommen waren und ein Jahr später das Anwesen erbaut hatten, gehörte das Haus ihrer Familie. Und jetzt brannte es nieder!

Aber wenigstens gehörte ihr immer noch das Land. Dieses Erbe konnte ihr niemand wegnehmen.

Sie war die Eigentümerin der Insel. Nachdem ihre Eltern bei einem Bootsunfall ums Leben gekommen waren, gehörte die Insel ihr. Seit Generationen wurde sie an das älteste Kind der Kents weitervererbt. Eine Insel zu besitzen und das Land zu verpachten, erschien vielen in der modernen Welt fremd, aber da Teni auf Talbot aufgewachsen war, hatte sie nie etwas anderes gekannt: Die Insel ihrer Familie steckte voller überlieferter Geschichten und war ein Vermächtnis. Einen wichtigen Teil dieses Vermächtnisses hatte sie soeben verloren.

Callens Miene verriet, dass er begriff, was für ein niederschmetternder Schlag es für sie war, das Haus ihrer Familie zu verlieren. »Ich weiß.«

Feuerwehrleute richteten ihre Wasserschläuche auf die Flammen. Der Regen, der kalt vom Himmel prasselte, würde hoffentlich die Löscharbeiten beschleunigen.

Was war passiert?

Wieder durchschnitt ein Blitz den Himmel und beleuchtete die rauchverschmierten Gesichter der Feuerwehrleute.

Die Gestalt! Sie hatte die Umrisse eines Mannes gesehen.

War das nur ein Zufall gewesen? War jemand, unmittelbar bevor ihr Haus explodiert war, zufällig im

Wald gewesen und hatte sie beobachtet? Gott sei Dank hatte sie das Haus verlassen, um nachzusehen. Wenn sie das nicht getan hätte …

In ihrem Kopf drehte sich alles. Ihre Beine drohten unter ihr nachzugeben, als sie versuchte, sich auf die Füße zu stellen. Wo war nur ihre Waffe?

»Langsam, Teni.« Callen stützte sie noch intensiver. »Ich halte dich. Dir ist nichts passiert.«

»Wenn ich im Haus gewesen wäre …«

Er schluckte angestrengt und sein Adamsapfel hüpfte. »Ich weiß.« Zu ihrer Überraschung drückte er ihr einen Kuss auf die Stirn. »Aber du bist in Sicherheit. Ich halte dich fest.«

Hielt er sie wirklich fest? Wie früher? Unmöglich.

»Was ist passiert?« Noch immer war ihr schwindelig, während sie die mit Trümmern übersäte Erde nach ihrer Waffe absuchte. Schließlich entdeckte sie sie – gut fünf Meter entfernt glänzte sie im Licht der Scheinwerfer des Feuerwehrautos.

»Das weiß ich noch nicht«, sagte Callen und half ihr aufzustehen. Mit beiden Armen stützte er sie. »Aber ich verspreche dir, dass ich es herausfinden werde.« Er führte sie zur offenen Heckklappe eines roten Geländewagens. »Jetzt soll dich Paul erst einmal untersuchen.«

Wenn er nicht gerade zum Studium auf dem Festland war, war Paul der Sanitäter der Insel. Sie war dankbar, dass er ein Urlaubssemester eingelegt hatte, um bei seinem Vater zu arbeiten und sich etwas Geld zu verdienen, damit er im Frühling sein Studium fortsetzen konnte. Paul war Mitglied der Freiwilligen Feuerwehr von Talbot, die nur aus Ehrenamtlichen bestand und zu denen auch Callen gehörte. Wenn er auf der Insel war, hatte Callen Rufbereitschaft. Kein Wunder also, dass er so schnell gekommen war! Zumindest war es ihr schnell erschienen. In einer Minute war alles heiß und schwarz gewesen und in der nächsten hatte Callen sie wachgerüttelt. Aber wie viel Zeit wirklich vergangen war, davon hatte sie keine Ahnung.

»Hey, Teni«, sagte Paul, als Callen sie auf die offene Ladefläche des Geländewagens setzte. »Ich will mich nur vergewissern, dass mit dir alles in Ordnung ist.«

Sie nickte. Durch das Klingeln, das sie immer noch in den Ohren hatte, hörte sie Pauls Stimme nur ganz gedämpft.

Paul bückte sich und leuchtete ihr mit einer kleinen Taschenlampe in die Augen. Als sie an ihm vorbeisah, konnte sie erkennen, dass ihr Haus immer noch brannte.

Regentropfen fielen von ihren Wimpern, als sie blinzelte. Mühsam versuchte sie zu begreifen, dass sie an diesem Tag nicht nur das Haus verloren hatte, das seit Generationen im Besitz ihrer Familie gewesen war, sondern auch ihre Cousine. Und ihren Verlobten.

Callen ging unruhig auf und ab, während er wartete, bis Paul Teni untersucht hatte. Sie sah aus, als stünde sie unter Schock, aber abgesehen davon schien sie erstaunlicherweise unverletzt zu sein. Stark wie immer. Die Erinnerung an jenen Tag auf Henry's Point plagte ihn. Damals hatte er ihr gestanden, was ihr bereits durch Gerüchte zu Ohren gekommen war. Ihre Lippen, die normalerweise steif waren, wenn sie unter Stress stand, hatten gezittert. Tränen waren aus ihren blaugrünen Augen geflossen, die dieselbe Farbe hatten wie die Bucht, die sie so sehr liebte.

Ein tiefer Schmerz erfasste sein Herz und breitete sich in seiner Seele aus. Jener Tag hatte in ihnen beiden etwas kaputt gemacht. Und das alles nur, weil er versucht hatte, dem erdrückenden Schmerz über den Tod seines Vaters davonzulaufen. Anstatt bei Gott Trost zu suchen, hatte er alles falsch gemacht, was man nur falsch machen kann. Dadurch hatte er den wichtigsten Menschen in seinem Leben verloren: Teni.

Er räusperte sich und schaute zu den Feuerwehrleuten hinüber, die alles taten, um die Flammen zu löschen. Das ehrenamtliche Team leistete hervorragende Arbeit. Er musste warten, bis das Feuer gelöscht war und der Tatort gesichert war, bevor er mit seinen Untersuchungen anfangen konnte. Aber einiges wusste er bereits: Es war klar, dass es eine Gasexplosion gegeben hatte, und zwar mit großer Wucht. Das zeigte das riesige Trümmerfeld, das einen Durchmesser von mindestens dreißig Metern hatte. Dieses Chaos hatte er genau gesehen, als er schnell gekommen war, um ...

Wieder schluckte er einen Kloß hinunter.

Er hatte befürchtet, Teni wäre zum Zeitpunkt der Explosion im Haus gewesen. Hatte das Schlimmste befürchtet. Der Gedanke, dass Teni für immer aus seiner Welt genommen sein könnte, war entsetzlich gewesen. Er hatte kaum Luft bekommen.

Wie er sein schnelles Tempo zur Unfallstelle hatte beibehalten können, wusste er nicht. Gott musste seine Beine bewegt haben und ihm die Kraft gegeben haben, weiterzulaufen. Die Angst hatte sich lähmend angefühlt, aber er hatte es bis zu Teni geschafft und Gott sei Dank war sie unverletzt.

Eine tiefe Dankbarkeit durchflutete ihn. Er schickte ein Gebet gen Himmel, dass sie nicht im Haus gewesen war. Aber was war der Grund dafür, dass sie sich außerhalb des Gebäudes aufgehalten hatte? Und diese Frage quälte ihn, seit er sie gefunden hatte: Was hatte Teni so spät in der Nacht draußen gemacht? Und dann bei diesem Sturm?

So viele Fragen gingen ihm durch den Kopf, die ihm einfach keine Ruhe ließen. Die Wahrscheinlichkeit, dass Julia an dem Tag, an dem Tenis Haus bei einer Gasexplosion in die Luft flog, bei einem Unfall ums Leben kam ... diese Wahrscheinlichkeit war gleich null. Versuchte da jemand, die Kents auszulöschen?

»Bis auf eine kräftige Gehirnerschütterung«, riss ihn Paul aus seinen Gedanken, »ist alles in Ordnung mit ihr.«

Seine Anspannung ließ ein wenig nach und sein Adrenalinspiegel sank spürbar. *Danke, Herr!*

Der Rauch des Feuers vermischte sich mit dem Nebel und dem Regen. Er räusperte sich und sagte mit rauer Stimme: »Danke, Paul.«

Der Junge nickte. Paul war immerhin fast zehn Jahre jünger als er. Ungefähr so alt wie Callen damals gewesen war, als er Teni das Herz gebrochen hatte.

Er schloss die Augen. Heute Abend hatte ihm Gott eine zweite Chance geschenkt, Tenis Liebe zurückzugewinnen. Er hatte Teni das Leben gerettet.

Callen sank neben Teni auf die offene Ladefläche

des Geländewagens. Eine grüne Armeedecke lag um ihre Schultern – zweifellos eine Spende des pensionierten Stabsfeldwebels DeBerry an die Freiwillige Feuerwehr. »Wie fühlst du dich?«

Sie schaute ihn mit ihren schönen grünblauen Augen an. Sie hatte die gleichen grünblauen Augen wie Julia, das gleiche rotblonde gewellte Haar. Die beiden waren immer unzertrennlich gewesen und hatten fast wie Zwillinge ausgesehen. Er erstarrte.

»Was ist los?« Sie hustete und er strich ihr in beruhigenden, kreisenden Bewegungen über den Rücken.

»Nichts.« Es war nicht nötig, sie mit seinem plötzlichen Verdacht zu beunruhigen, auch wenn dieser Gedanke schrecklich war. War Julias Unfall vielleicht überhaupt kein Unfall gewesen? Hatte womöglich jemand Julias Kopf gegen die Boje geschmettert, weil er gedacht hatte, sie wäre Teni? Sie sahen sich sehr ähnlich und Teni kam immer als Erste bei der Boje an. Ausgerechnet an dem Tag, als sie als Zweite da gewesen war, war Julia gestorben.

Falls hier jemand die Finger im Spiel hatte, hatte er es dann von Anfang an auf Teni abgesehen? Oder versuchte jemand, die Kents auszulöschen? Zuerst Julia und jetzt Teni?

»Wir müssen dich aus dem Regen bringen und du brauchst etwas Trockenes zum Anziehen.« Er hatte vor, sie mit zu sich nach Hause zu nehmen und dort zu warten, bis das Feuer gelöscht war und er mit seiner Arbeit beginnen konnte.

Teni versuchte aufzustehen, schwankte aber bedenklich. Deshalb ließ er seinen kräftigen Arm um ihre Schultern liegen und seine Hände auf ihren schlanken Armen, die sonnengebräunt waren.

Callen hob das Kinn und schaute Paul an. »Sag dem Feuerwehrhauptmann, dass er mir Bescheid geben soll, wenn das Feuer gelöscht und der Tatort sicher ist.«

Paul nickte. »Wird gemacht.«

Unsicher torkelte Teni neben ihm her. Ihr war unübersehbar schwindelig. *Jetzt reicht es.* Entschlossen hob er sie hoch und nahm sie auf die Arme. Sie war immer noch genauso leicht wie früher. »Du bist ja immer noch so leicht wie ein Vögelchen.«

»Eigentlich würde ich ja sagen, dass ich selbst gehen kann, aber ...« Ihr Kopf rollte zur Seite.

»Still. Ruh dich einfach aus. Ich hab dich.« Zu seiner Verwunderung tat sie nach einem Moment tatsächlich das, was er sagte. Sie legte den Kopf an seine Schulter und wehrte sich nicht mehr dagegen, dass er sie trug. Es fühlte sich so unglaublich richtig an, dass er sie in den Armen hielt. Aber das war eigentlich schon immer so gewesen. Wie hatte er damals nur so dumm sein können? Er war in Selbstmitleid verfallen und hatte eine falsche Entscheidung getroffen, anstatt die Frau zu schützen, die er liebte.

Sie erreichten die Lichtung. Sein Haus war immer noch ganz dunkel. Als er die Explosion gehört hatte, hatte er sich gerade schlafen gelegt. Im Eiltempo war er in die erstbeste Jeans geschlüpft, hatte sich ein T-Shirt über den Kopf gezogen und war die Treppe heruntergerast, wo er eilig seine Stiefel angezogen und seine Jacke von der Garderobe genommen hatte. Wie in Trance war er durch den Wald gerast, der Tenis Haus von seinem trennte, und hatte die ganze Zeit befürchtet, Teni wäre tot und er könnte ihr nicht mehr sagen, wie leid ihm alles tat und dass seine Gefühle für sie noch immer dieselben waren wie vor zehn Jahren.

Aber Gott sei Dank lebte Teni. Callen trug sie auf seine Veranda, machte die Haustür auf und legte Teni dann vorsichtig auf sein Sofa. »Ich schalte das Licht ein.«

Als die Lampen auf den Seitentischen den Raum erhellten, bemerkte er erschrocken, dass Teni am ganzen Körper zitterte und völlig durchnässt war. Es war eindeutig: Sie stand unter Schock.

»Du brauchst trockene Sachen.« Er zog ihr die Stiefel aus und stellte sie neben die Tür zum Trocknen.

Dann nahm er ihr die durchnässte Decke von den Schultern und zog ihr den gelben Regenmantel aus. Darunter trug sie ein langärmeliges T-Shirt und eine Jogginghose, an der Matsch klebte.

Rasch nahm er die warme Decke, die seine Mutter ihm einmal gewebt hatte, und wickelte sie Teni um die Schultern. Das würde sie hoffentlich ein wenig aufwärmen. Scheinbar wollte sie sich aufsetzen, schwankte dabei aber immer noch sehr.

»Langsam«, sagte er. Er legte die Arme um sie und massierte ihr sanft die Arme, um sie etwas aufzuwärmen, aber sie zitterte noch immer. »Ich hole dir Handtücher und etwas Trockenes zum Anziehen.« Gerade wollte er aufstehen, da hielt sie ihn am Arm fest. Ihre Finger waren kalt und zitterten. »Noch nicht.« Sie schaute mit noch immer geweiteten Augen zu ihm hinauf. »Kannst du dich einen Moment zu mir setzen?«

»Natürlich.« Er setzte sich wieder neben sie. »Ich bin da. Ich gehe nirgendwohin.« Nie wieder. *Falls* sie ihm verzeihen würde. Aber wie konnte sie das – nach allem, was er getan hatte, und nachdem so viel Zeit vergangen war? Ihre Verlobung mit Alex war zwar gelöst, aber sie hatte trotzdem die Absicht gehabt, einen anderen Mann zu heiraten. Es war unübersehbar, dass ihr Leben auch ohne ihn weitergegangen war.

Sie lehnte sich an ihn, wie sie es früher oft getan hatte. Trotz der schrecklichen Umstände genoss er es, sie wieder in seinen Armen zu halten. Gott sei Dank war sie nicht im Haus gewesen, sondern hatte es rechtzeitig verlassen! Was ihn wieder zu der Frage zurückführte ...

»Was hast du eigentlich da draußen im Sturm gemacht?« Er konnte nicht länger warten und musste sie das einfach fragen.

»Ich dachte, ich hätte ein Geräusch gehört.«

Nur mit Mühe konnte er sich ein Schmunzeln verkneifen. Immerhin tobte draußen ein Sturm - mit starkem Wind, Blitz und Donner. »Was für ein Geräusch?«

»Ich weiß nicht genau. Ein Knarren oder Quietschen. Als würde die Kellertür aufgehen oder als hätte sich eine Sturmabdeckung gelöst. Und dann habe ich im Wald die Umrisse eines Mannes gesehen.«

Er erstarrte. »Du hast *einen Mann* gesehen? Weißt du, wer es war?«

»Ich habe definitiv jemanden gesehen. Ich bin mir zwar nicht sicher, wer es war, aber ...«

»Aber?«

»Ich hatte heute Streit mit Jared Connor.«

Kapitel 6

Acht Stunden vorher.

»*Miss* Kent.«

Teni, die diese schneidende Betonung des Wortes *Miss* überall erkennen würde, blieb abrupt stehen. Jared Connor. *Nicht schon wieder!* Und schon gar nicht unmittelbar nachdem Alex ihre Verlobung gelöst hatte.

Sie drehte sich um und schaute Jared an, der hinter ihr aus Milleys Restaurant trat. Sie hatte Julia gesucht, um ihr zu erzählen, dass es keine Hochzeit geben würde, und um sich an der Schulter ihrer Cousine und besten Freundin auszuweinen.

»Ich muss mit Ihnen sprechen«, sagte Jared und marschierte auf sie zu.

Jareds Vater, Darren Connor, kam hinter seinem Sohn aus dem Restaurant. Er trug seinen braunen Hafenarbeiteroverall, wie jeden Tag. Außer sonntags, da hatte er sein weißes Hemd an und seine blaue Krawatte umgebunden. Immer dasselbe, aber immer so nett - sein graues Haar zur Seite gekämmt und sein blaues Taschentuch in der Hemdtasche, das etwas herausragte. Immer griffbereit, falls es jemand brauchte. Er war ein freundlicher alter Mann, völlig anders als sein Sohn Jared.

»Komm, mein Junge«, sagte Darren. »Lass Miss Kent in Ruhe.« Er schaute Teni mit seinen hellblauen Augen an. Kleine Fältchen in den Augenwinkeln, so zwinkerte er ihr freundlich zu. »Entschuldigen Sie bitte.«

»Hör auf, dich bei ihr zu entschuldigen, Vater«, erwiderte Jared aufgebracht. »Ihr gehört zwar die ganze Insel und unser Land. Aber *wir* gehören ihr nicht!«

»Machen Sie sich keine Sorgen, Mr Connor«, sagte Teni. Jared hatte schon immer seinen eigenen Kopf gehabt und noch nie mit seiner Meinung hinter dem Berg gehalten. Schon seit sie ihn kannte, hatte er sehr vehement geäußert, was er dachte. Obwohl Jared einige Jahre älter war als sie, waren sie viele Jahre lang in dieselbe Schule gegangen. Vom Kindergarten bis zur Highschool, jeder Einwohner von Talbot Island besuchte das einzige Schulhaus, das es auf der Insel gab.

Während Darren sich als tüchtiger Hafenarbeiter sein Brot verdiente - ein Mann, den Teni sehr schätzte, stiftete Jared gern Unfrieden, obwohl auch er ein hervorragender Hafenarbeiter war. Und mit Teni legte er sich besonders gern an.

Darrens Frau, Marybeth, trat neben ihren Mann und beobachtete wie immer argwöhnisch, was sich vor ihren Augen abspielte. Marybeth hielt an den Bräuchen ihrer Großmutter fest und praktizierte den Aberglauben der Ältesten. Die Praxis der sogenannten Ältestenschaft hatten die Inselbewohner schon vor Jahrzehnten abgeschafft, aber ihre Nachkommen hielten immer noch daran fest. Marybeth und Leute wie sie warnten andere Stadtbewohner immer vor diesem oder jenem und hatten eine starke Abneigung gegenüber den wenigen Pocomokes, die es noch gab. Auch Callen stammte von den Ureinwohnern der Insel ab.

Warum Tenis Vorfahren Land an Leute verpachtet hatten, die abergläubische Bräuche pflegten und Menschen, die vielleicht ein wenig anders aussahen, mit starken Vorurteilen begegneten, wusste sie nicht. Ebenso wenig, warum sie diese Ältestenschaft überhaupt zugelassen hatten. Aber die wenigen Ältesten, die noch auf der Insel lebten, hielten zum größten Teil an ihren Traditionen fest. Und zu ihnen gehörte auch Jared.

Gerade blieb er nur einen Schritt vor ihr stehen. »Sie dürfen die Fährverbindung zur Insel nicht zulassen.«

Nicht schon wieder!

»Die Fähren stören das Meeresleben und die Tiere und sie verschmutzen das Wasser, von dem viele von uns leben. Ganz zu schweigen davon, dass sie Scharen von Touristen auf unsere Insel bringen, die unsere Ufer überfüllen. Die respektieren weder unser Land noch unsere Bräuche.«

Das Wort *Scharen* war stark übertrieben. Ja, auf der Insel gab es Touristen, aber der Tourismus hatte kaum negative Auswirkungen und er brachte der Insel Geld ein. Teni holte kurz Luft und straffte ihre Schultern, bevor sie erwiderte: »Wie ich schon unzählige Male erklärt habe, sind viele Bewohner auf Talbot auf die Touristen und die Einnahmen, die sie durch sie haben, angewiesen.«

»Weil Sie die Leute von ihnen abhängig gemacht haben! Schauen Sie sich doch nur an, wie die Ladenbetreiber die Schätze unserer Insel an die Leute vom Festland verhökern.«

»Sie verhökern sie nicht. Sie werden für ihre schönen Handarbeiten und einheimischen Speisen bezahlt.«

»Das mit dem *einheimisch* ist das Einzige, womit Sie recht haben.«

»Jared, ich nehme Ihre Bedenken ernst und respektiere Ihre Meinung, aber das Fährunternehmen in Chesapeake ist ein zuverlässiger Partner. Der Fährbetrieb läuft nur von Ende Mai bis Anfang September und auch in diesen wenigen Monaten nur an zwei Tagen in der Woche.« Wenn sie ehrlich war, gefiel es ihr selbst auch besser, wenn der Fährbetrieb im Herbst eingestellt wurde und auf Talbot wieder nur die Inselbewohner lebten, aber viele Einheimische – besonders die jüngeren – verdienten sich ihren Lebensunterhalt nicht mehr mit den Erträgen aus der Chesapeake Bay und brauchten eine andere Möglichkeit, um Geld zu verdienen. Die Touristen – so kurz die Saison auch war – ermöglichten es ihnen, dieses dringend notwendige Einkommen zu verdienen.

Zudem hatte Teni entschieden, den Fährbetrieb erst nach einer Abstimmung der Inselbewohner zu erlauben. Schließlich tat sie das alles zum Wohl der Insulaner, nicht zu ihrem eigenen. Von ihrem Großvater hatte sie gelernt, dass es eine *riesige* Verantwortung war, Eigentümer einer Insel zu sein und das Land zu verpachten. Dafür waren Hingabe, Geschäftssinn und Respekt nötig.

»Das rechtfertigt also den Ausverkauf unserer Insel?«, fragte Jared und tippte nervös mit dem Fuß auf die mit Blättern übersäte Erde.

»Hier findet kein Ausverkauf statt.«

Er kam noch näher auf sie zu und baute sich direkt vor ihr auf, wie er es oft gemacht hatte, als sie noch jünger gewesen war. Aber inzwischen war sie kein kleines Mädchen mehr, das darauf wartete, dass Callen Frost kam und es rettete. Sie war Polizeibeamtin, die für die Wasserschutzpolizei arbeitete. Ihr Beruf war es, Marylands Wasserwege zu schützen und zu bewahren. Niemandem lag also mehr daran, die Bucht zu schützen, als ihr.

»Sie müssen sich Ihre Entscheidung noch einmal überlegen«, sagte er mit harter Stimme und finsterem Blick.

Um ihre Nervosität nicht zu zeigen, faltete sie die Hände. »Ich habe mir die ganze Sache schon sehr gut überlegt.«

»Soll das heißen, dass Ihre Entscheidung unumstößlich feststeht?« Sein Tonfall wurde noch hitziger und drängender. Wutentbrannt sah er sie an und kam ihr dabei so nah, dass sie förmlich seinen Atem auf ihrer Haut fühlen konnte.

Doch sie blieb unbeirrt stehen. Sie würde sich von ihm nicht einen einzigen Schritt zurückdrängen lassen und den Kopf einziehen, wie sie das als Kind getan hatte. Jared hatte schon damals versucht, sie einzuschüchtern, und ebenso versuchte er es heute. Teni warf die Schultern zurück. »So ist es.«

»Diese Sache ist noch nicht erledigt«, knurrte er und baute sich bedrohlich vor ihr auf.

»Ich fürchte schon.«

»Täuschen Sie sich nicht.«

Sie kniff die Augen zusammen. War das eine Drohung? »Was soll das heißen?«

Er lächelte angriffslustig. »Das werden Sie schon sehen.« Er drehte sich um und marschierte in den Wald hinein, noch bevor sie ihm etwas erwidern konnte.

»Ich entschuldige mich für ihn«, sagte Darren. »Der Junge ist einfach ...«

»Sie brauchen sich nicht zu entschuldigen, Mr Connor«, fiel sie ihm schnell ins Wort. »Jared ist ein erwachsener Mann und hat das Recht, seine Meinung zu äußern.« Aber eine verschleierte Drohung ging dann doch zu weit.

»Danke, Miss Kent. Ich wünsche Ihnen noch einen guten Tag.« Darren tippte an seine Hutkrempe. Wie immer war er sehr höflich. »Mr Connor, wie oft muss ich Ihnen noch sagen, dass Sie Teni zu mir sagen sollen?«

Er lächelte und drehte sich wieder zum Restauranteingang um. Aber jetzt trat Marybeth auf sie zu. Sie hatte die Lippen so fest zusammengepresst, dass alle Farbe daraus gewichen war, und um die Mundwinkel herum gruben sich tiefe Fältchen in ihr Gesicht.

»Jared hat recht.« Es war fast ein Zischen, weil sie so sehr mit den Zähnen knirschte. Aus ihrem Hass auf Teni machte sie kein Geheimnis. »Sie bedrohen unseren Lebensstil.«

»Es tut mir leid, dass Sie das so empfinden. Über diese Entscheidung wurde abgestimmt. Und die Mehrheit hat für das Touristengeschäft im Sommer gestimmt.«

»Das Ergebnis war nicht einstimmig und Sie haben *jeden* abstimmen lassen.«

Tenis Augenbrauen zogen sich zusammen. »Ja, und?«

»Für die Abstimmung hätten nur die Familien der ursprünglichen Siedler zugelassen werden dürfen. Die Familien der Ältesten.«

»*Alle* Familien auf Talbot sind Nachkommen der ursprünglichen Siedler und Einheimischen. Oder ...« Sie verschränkte die Arme vor ihrer Brust und legte den Kopf schief. Diese Diskussion hatten sie schon früher geführt. »Wollen Sie damit sagen, die Leute, die von den Pocomokes abstammen – die Menschen, die zuerst hier gelebt haben –, hätten nicht mit abstimmen sollen?« Es war schwer zu glauben, dass es Menschen gab, die so verbohrt waren, und Marybeth gehörte leider zu ihnen.

»Genau das will ich damit sagen«, schnaubte Marybeth.

»Das ist völliger Unsinn.«

»Das sagen Sie nur wegen dieses Frostjungen. Wegen dieses Mischlings.«

Hatte sie Callen soeben tatsächlich als Mischling bezeichnet? Wer gebrauchte heutzutage noch eine solch menschenverachtende Ausdrucksweise. Das war grausam.

»Ich sage das, weil es stimmt. *Jeder* hat das Recht, seine Stimme abzugeben.« Teni hatte Mühe, ihre Selbstbeherrschung nicht zu verlieren.

»Früher haben nur die Ältesten und ihre Nachkommen abgestimmt. So sollte es wieder sein.«

»Das wird nicht passieren.« So hätte es von Anfang an nie sein dürfen.

»Wir werden nicht danebensitzen und zusehen, wie Sie unsere Traditionen und unsere Heimat zerstören.« Marybeth drohte ihr mit ihrem knöchrigen Finger.

»Was wollen Sie damit sagen?«

»Ich will damit gar nichts sagen. Ich gebe Ihnen nur einen freundlichen, höflichen Rat.«

»Wirklich? Und wie sieht der aus?«

»Sie sollten sich lieber in Acht nehmen.«

»Wollen Sie tatsächlich einer Polizeibeamtin drohen?«

»Natürlich nicht, meine Liebe.« Marybeth lächelte breit, dabei kamen ihre braunen, schiefen Zähne zum Vorschein. »Das ist nur ein freundlicher Rat. Keine Bedrohung. Ich mache mir Sorgen um Sie.«

Warum fiel es ihr so schwer, das zu glauben?

Marybeth drehte sich um und kehrte wieder in Milleys Restaurant zurück.

Das hatte ihr an diesem Tag gerade noch gefehlt!

Teni versuchte, das Unbehagen von sich abzuschütteln und die Gänsehaut, die sie auf ihrem Rücken spürte, nicht zu beachten. Sie ging in den Märchenwald, der zu ihrem Haus führte. Die Blätter an den Bäumen färbten sich orange-rot. Unter ihren Füßen knackten die Zweige und raschelte das Laub. An den Bäumen tanzten die Blätter im Wind, der von der Bucht her auf die Insel wehte. Genüsslich atmete sie die angenehme, salzige Luft ein.

Doch plötzlich hatte sie das Gefühl, beobachtet zu werden. Sie drehte sich um und ließ ihren Blick durch den Wald schweifen. »Hallo?« Sie wusste, dass sich alle möglichen Leute im Wald aufhalten konnten. Oder war ihr Jared Connor gefolgt? Sie war nicht in der Stimmung, ihre Diskussion fortzusetzen. Konnte er wirklich nicht einsehen, dass es nur zum Vorteil der Inselbewohner war, wenn die Fähren die Insel anfuhren?

Im Wald wurde es still. Das einzige Geräusch, das sie hörte, war das Pfeifen des Windes, der durch die Blätter wehte.

Wie albern sie war! Aber sie weigerte sich, der Angst nachzugeben, auch wenn ihre Gefühle heute Achterbahn mit ihr fuhren.

Rasch ging sie weiter. Nachdem sie weitere zehn Schritte in den Wald hineingegangen war, knackte ungefähr fünfzig Meter rechts von ihr ein Ast.

Wieder blieb sie stehen und blickte sich nach allen Seiten um. »Hallo? Ist da jemand?«

Wieder keine Antwort. Ein unangenehmes Gefühl von Angst erfasste sie.

In diesen Wäldern hatte sie sich noch nie gefürchtet. Warum war ihr dann plötzlich so unbehaglich zumute?

Sie konnte das Gefühl, beobachtet zu werden, einfach nicht abschütteln, egal wie sehr sie ihre Schritte beschleunigte. Die Angst hing wie eine Klette an ihr.

Schließlich erreichte sie den Waldrand, sie drehte sich um und schaute in den Wald zurück.

Da, im Schatten der Bäume sah sie eine Bewegung.

Sie kniff die Augen zusammen, konnte aber durch das dichte Blätterwerk nicht erkennen, ob es ein Tier oder ein Mensch war. Aber da war etwas. Ganz sicher.

Wieder lief ihr ein Schauer über den Rücken.

Dann eilte sie ins Haus und schloss zum ersten Mal in ihrem Leben die Haustür zu.

Was war nur heute mit ihr los? Hatte sie sich von Marybeth und Jared Connor tatsächlich Angst einjagen lassen? Oder war sie nur überempfindlich, weil sie sich von ihrem Verlobten getrennt hatte?

Sie schaute aus dem Küchenfenster in Richtung Wald und hatte immer noch das Gefühl, dass jemand da draußen war. Dass sie beobachtet wurde. War ihr Jared zum Haus gefolgt? War sie in Gefahr?

Kapitel 7

»Meinst du, die Person, die du gesehen hast, könnte Jared gewesen sein?«, fragte Callen, als ihm Teni von ihrer Auseinandersetzung mit Jared erzählte.

Sie rieb sich über ihre zitternden Arme und schluckte. Ihr Gesicht war blasser, als ihm lieb war, und er wickelte die Decke enger um sie. »Keine Ahnung. Vielleicht«, sagte sie.

»Glaubst du, er war in deinem Haus? Könnte er das Knarren und Quietschen verursacht haben, das du gehört hast?«

»Keine Ahnung. Ich habe nur Geräusche gehört und dann draußen jemanden gesehen, aber ich kann nicht sagen, wer es war. Ich bin hinausgegangen, um nachzusehen, und ...« Sie zitterte am ganzen Körper.

»Ich bin bei dir.«

Sie schluckte. »Ich versuche immer noch, das alles zu begreifen. Es ist so verwirrend.«

Er wollte sie nicht drängen, aber es war wichtig. *Sehr* wichtig. »Und du hast weder sein Gesicht noch sonst etwas gesehen, womit wir ihn identifizieren könnten?«

»Nein. Nur seine Umrisse, als der Blitz den Himmel kurz erhellte. Da habe ich das Verandalicht eingeschaltet und bin ihm nachgelaufen. Wenige Sekunden später habe ich dann schon die Explosion gehört. Das Nächste, woran ich mich erinnere, warst *du.*« Fragend schaute sie ihn an.

Sie hatte einen Schalter betätigt und das Haus war in die Luft geflogen. Hatte sich das Haus mit Gas gefüllt und der Lichtschalter hatte die Explosion ausgelöst oder hatte das Gas einfach nur die Zündflamme im Keller erreicht? Wahrscheinlich Letzteres. Bei einem Lichtschalter entstanden normalerweise keine Funken.

»Hast du im Haus Gas gerochen? Das riecht nach verfaulten Eiern.«

»Nein.« Sie schüttelte den Kopf, bereute diese Bewegung aber offensichtlich sofort, denn sie verzog gequält das Gesicht und fuhr sich mit der Hand an die Stirn. »Warum? Was denkst du?«, fragte sie und zitterte in seinen Armen, da ihre Kleidung unter der Decke immer noch feucht war.

»Wir werden herausfinden, was passiert ist.« Dafür würde er sorgen, aber er musste behutsam sein und durfte ihr nicht zu viele Fragen stellen. Noch nicht. »Erst mal musst du trockene Sachen anziehen.«

Sie nickte.

»Kann ich dich hier allein lassen, während ich gehe und dir warme Sachen hole?«

Wieder nickte sie.

Callen holte Handtücher, eine Bürste, trockene Kleidung und was ihm sonst noch einfiel. Dann half er ihr in sein Badezimmer hinauf, wo er alles bereitgelegt hatte.

Einen Moment lang schaute er sie fragend an. »Kommst du alleine zurecht?« Er hatte fast die Befürchtung, sie würde umkippen. Sie war zwar stark, aber heute hatte sie sehr viel durchgemacht.

Sie biss sich auf die Unterlippe und stützte sich mit der Hand am Waschbecken ab. »Ich komme schon klar.«

»Ich warte direkt vor der Tür, falls du mich brauchst.«

Teni nickte, aber es war nur eine ganz leichte Bewegung. Dass sie starke Kopfschmerzen hatte, war nicht zu übersehen.

Einige Minuten später tauchte sie in seinem T-Shirt und seiner Jogginghose auf. Die Kleidungsstücke waren ihr viel zu groß und sie versank darin. Ihre Haare hatte sie seitlich mit einem Haargummi zusammengebunden, das sie ums Handgelenk getragen hatte. Mit einem dankbaren Blick reichte sie ihm die gefalteten Handtücher und die Decke. Es war typisch Teni, dass sie inmitten einer Krise die Details im Blick behielt. Diese Konzentration machte sie zweifellos zu einer sehr guten Polizistin.

»Was machen wir jetzt?«, fragte sie.

»Wir legen uns schlafen.« Er hielt sie am Arm und führte sie durch den Flur und wieder die Treppe herunter zum Sofa, wo er ihr erneut vorsichtig half, sich zu setzen. »Solange das Feuer nicht gelöscht und der Tatort nicht sicher ist, kann ich mit meinen Untersuchungen nicht beginnen.«

Teni warf ihm einen Seitenblick zu. »Du bist Brandexperte. Was ist deiner Meinung nach passiert?«

Er rieb die Hände aneinander. »Bei einer solchen Explosion und einem so großen Trümmerfeld kann es nur eine Gasexplosion gewesen sein.«

Sie runzelte die Stirn. Dabei ging ihre Stupsnase leicht nach oben – wie immer, wenn sie die Teile eines Puzzles zusammenfügte. »Eine Gasexplosion?«

Er nickte. »Wie gesagt, ich muss nur warten, bis

der Tatort sicher ist, bevor ich die Ursache eindeutig bestimmen kann.«

»Die Ursache?«

»War etwas defekt, gab es eine Fehlfunktion …?«

Ihre schönen blaugrünen Augen zogen sich zusammen. »Glaubst du nicht, dass die Gestalt … die Geräusche … Könnte jemand die Gasexplosion bewusst herbeigeführt haben? Möglicherweise Jared?«

Sie verstand genau, was er dachte.

»Das ist möglich, besonders da du unmittelbar vor der Explosion jemanden gesehen hast.«

Ihre Wimpern zuckten. »Wenn du denkst, dass an der Sache etwas faul war … und ich im Haus hätte sein sollen …« Sie erstarrte und ihre Schultern verkrampften sich. »Glaubst du, Jared könnte versucht haben … mich zu *töten?*« Ihr Brustkorb hob und senkte sich schnell. Ihr Atem wurde flacher und ihre Hände zitterten. »Wenn er versucht hat, mich zu töten, was war dann mit Julia? War ihr Tod womöglich gar kein Unfall?« Sie schluckte. »Hat er meine Cousine auch getötet?«

Callen rutschte wieder näher zu ihr. Er nahm ihre zitternden Hände in die seinen, hielt sie fest und sah ihr tief in die Augen. »Das werden wir herausfinden. *Zusammen.*«

Teni zog ihre Hände zurück und fuchtelte nervös

damit herum, während sie weitersprach. »Ich weiß, dass Jared wegen der Fähre frustriert ist, aber würde er so weit gehen und deshalb einen Menschen töten?«

»Keine Ahnung. Ich weiß nicht einmal mit Bestimmtheit, dass an der Sache etwas faul ist.« Aber sein Bauchgefühl sagte ihm ganz deutlich, dass etwas faul war. Besonders da sie jemanden im Wald gesehen hatte. Außerdem war die Wahrscheinlichkeit, dass Julias »Unfall« am selben Tag passierte, an dem es in Tenis Haus eine Gasexplosion gab ...

»Ich sehe es dir an. Für dich steht fest, dass etwas faul ist.«

Callen fuhr sich mit der Hand durchs Haar. »Es ist nur ein Bauchgefühl und das kann täuschen.«

»Das glaube ich nicht. Ein solches Bauchgefühl ist oft richtig.«

Sie hatte recht. Genau das war auch seine Erfahrung.

Plötzlich stand Teni auf und legte die Decke weg. »Julia!«

Er runzelte die Stirn. »Was ist mit ihr?«

»Die Explosion! Was ist, wenn auch der Eiskeller von der Explosion getroffen wurde? Und was ist, wenn ...?« Hastig griff sie zu ihren Gummistiefeln – darauf waren gelbe Enten abgebildet, die einen Regenschirm trugen. Eilig schlüpfte sie hinein und nahm ihren Regenmantel vom Haken.

»Was machst du da?«, fragte er. Sie sollte nicht schon wieder in den Regen hinausgehen, sondern einfach mal ruhig sitzen bleiben und sich ausruhen. Vor allem aber sollte sie in Sicherheit sein.

»Ich muss nachsehen, ob Julia ... ob ihrer Leiche nichts passiert ist. Ich muss wissen, ob die Explosion ...«

... Julia erwischt hatte.

Er wusste, dass Teni nicht lockerlassen würde, ehe sie sich sicher war, dass mit der Leiche ihrer Cousine alles in Ordnung war. Deswegen schlüpfte Callen wieder in seinen Mantel und seine Stiefel, nahm die Laterne vom Tisch und folgte Teni wieder hinaus in den Sturm.

Kapitel 8

Sie stapften den matschigen Hang hinauf, der von Callens Haus zu ihrem führte – besser gesagt zu dem, was davon übrig geblieben war. Dank ihrer Gummistiefel blieben ihre Füße zwar trocken, aber auf dem glitschigen Boden hatte sie damit keinen richtigen Halt. Deshalb hielt Callen sie am Arm und stützte sie ab. Teni versuchte zu ignorieren, wie gut sich seine Berührung anfühlte. Sie war durch die Ereignisse dieses Tages so aufgewühlt, dass sie ihre Schutzmauern aufgegeben und sich wieder in seine Arme geflüchtet hatte. Damit sandte sie das falsche Signal aus. Sie sollte nicht bei ihm Kraft und Hilfe suchen! Aber er war da und …

Und im Moment konnte sie nur daran denken, dass sie ihr Herz besser schützen sollte, obwohl es so wehtat, dass sie den Schmerz kaum ertragen konnte.

Es regnete, aber das Blätterdach der Bäume bot ihnen einen gewissen Schutz vor den wolkenbruchartigen Niederschlägen.

Als sie am Waldrand ankamen, sah sie, dass das, was bis vor wenigen Stunden ihr Haus gewesen war, jetzt nur noch ein Skelett aus verkohlten Überresten war und dass das Feuer fast gelöscht war.

Tiefe Verzweiflung erfasste sie, als sie auf dem Boden die Überreste einer verkohlten und zerbrochenen Schindel liegen sah.

Würde sie je ein neues Haus bauen können?

»Hey.« Callen legte ihr beruhigend den Arm um die Schultern. Seine Stärke schien sie auf den Beinen zu halten. »Alles wird gut werden.«

Wie gern würde sie ihm das glauben, aber nach den letzten zwei Jahren fiel ihr das sehr schwer. Sie schien Tragödien fast magnetisch anzuziehen.

Es reicht!

Sie wollte es zum Himmel hinaufschreien, aber sie beherrschte sich, da sie genau wusste, wie sehr Callen an Gottes Führung und Souveränität glaubte. Er war fest davon überzeugt, dass ihr Leben in Gottes Hand lag und ihr himmlischer Vater über ihr wachte. Wenn das so war, warum sollte sie sich dann noch um eine Beziehung zu Gott bemühen?

Callen schaute sie von der Seite an. Die Sorge war tief in sein Gesicht geschrieben. »Ist alles okay? Ich kann Paul bitten, dich in mein Haus zurückzubringen, wenn es zu schwer für dich ist.«

Erschüttert starrte sie die armseligen Überbleibsel ihres Hauses an und das Flackern der letzten Flammen, die von dem Wasser aus den Schläuchen und dem strömenden Regen gelöscht wurden.

Mein Zuhause.

Tenis Brustkorb zog sich schmerzvoll zusammen.

Natürlich konnte sie es neu aufbauen, aber so viele Erinnerungen waren in einem einzigen Moment verloren gegangen. Erinnerungen an ihre Eltern und an Julia und ...

Sie legte die Hand an den dicken, knorrigen Stamm eines schwarzen Walnussbaums, um sich abzustützen, zuckte aber zusammen, als etwas Spitzes ihre Hand verletzte. Schnell zog sie die Hand zurück und schüttelte sie vor Schmerz.

Callen runzelte die Stirn. »Was ist?«

»Da war etwas Spitzes am Baumstamm.« Sie hielt die Hand hoch, damit er sie untersuchen konnte.

Er hob seine Laterne hoch. »Ein Splitter von einer

Schindel«, sagte er. »Es ist besser, wenn Paul die Wunde näht.«

Sie nickte und ging mit ihm zum Wagen des Sanitäters.

Obwohl das Feuer schon fast gelöscht war, hing der beißende Rauchgeruch noch schwer in der Luft und raubte ihr beinahe den Atem.

Callen blieb bei ihr sitzen, während Paul sich um ihre Hand kümmerte. Als Sam, der Brandmeister, erklärt hatte, dass das Feuer vollkommen gelöscht war, und den anderen Feuerwehrleuten befohlen hatte, hohe Pfosten mit Scheinwerfern aufzustellen, um die Ruine zu beleuchten, winkte er Callen zu sich.

Callen legte ihr eine Hand auf die Schulter. »Ich spreche nur kurz mit Sam. Danach gehen wir zum Eiskeller.«

Teni nickte, obwohl sie ganz genau wusste, dass sie unmöglich einfach hier sitzen bleiben und warten konnte.

Callen trat zu Sam und die beiden gingen um die verkohlten Reste des Hauses herum. Teni wartete, bis Paul den letzten Stich gemacht hatte und sie endlich allein ließ. Dann huschte sie davon, eilte um den abgebrannten Schuppen herum, der zwanzig Meter vom Haus entfernt gestanden hatte, und lief dann den gewundenen Waldweg entlang, der zum Eiskeller führte. Eigentlich hätte sie auf Callen warten sollen, das war ihr durchaus bewusst. Falls die Tragödien des heutigen Tages gar keine Unfälle waren, wäre das in jedem Fall sicherer. Aber Jared würde doch nicht ...

Entschlossen setzte sie einen Fuß vor den anderen durch den dichten dunklen Wald. Zum Eiskeller war es nicht sehr weit und sie konnte selbst auf sich aufpassen. Callen hatte schließlich Wichtigeres zu tun. Er musste herausfinden, was genau die Explosion ausgelöst hatte.

Callen ging neben Sam her und betrachtete im grellen Licht der Scheinwerfer die Verwüstung, die das Feuer hinterlassen hatte. Der heftige Regen trübte seinen Blick ein wenig.

»Ich will mit der Hauptgasleitung anfangen, die ins Haus führt«, sagte Callen.

Sam runzelte die Stirn. »Was denkst du?«

»Teni hat gesagt, dass sie etwas gehört hat. Etwas, das kein typisches Sturmgeräusch war. Und unmittelbar vor der Explosion hat sie die Umrisse eines Mannes vor ihrem Haus gesehen. Das war der Grund, warum sie nicht im Haus gewesen war. Sie wollte draußen nachsehen, was da war.«

»Willst du damit sagen, dass jemand in ihren Keller eingedrungen sein und die Leitung manipuliert haben könnte?« Sam sah ihn voller Entsetzen an. »Du meinst, jemand hat den Brand mit Absicht gelegt?«

Callen schluckte. Genau das dachte er, aber er wollte Jared Connors Namen noch nicht ins Spiel bringen, solange sie nicht mehr Informationen hatten. »Wir wissen beide, dass es eine Gasexplosion war. Bei der Wucht, mit der alles nach außen geflogen ist, kann es nichts anderes gewesen sein. Ich glaube, sie ging vom Keller aus und die Schockwellen haben sich nach oben ins Haus ausgebreitet und die Trümmer nach außen geschleudert.« Callen drehte sich zum Wald herum, durch den er gerannt war, als er den Knall der Explosion gehört hatte. Die ganze Zeit über hatte er gebetet, dass Teni das irgendwie überlebt hätte. »Mindestens hundert Meter weit.«

Sam nickte und zu zweit gingen sie zur offenen Kellertreppe. Die Betonstufen hatten der Explosion standgehalten, aber von den Türen war nichts mehr zu sehen.

Callen betrachtete die Leitung, die vom Gastank wegführte. Nach wenigen Sekunden fand er, was er gesucht und zugleich befürchtet hatte. Er deutete mit der Hand auf die durchtrennte Leitung und schaute Sam an.

Dieser richtete den Strahl seiner Taschenlampe auf die Stelle, an der die Leitung amateurhaft durchtrennt worden war. »Ich würde sagen, wir haben die Ursache für die Explosion gefunden.«

Jemand hatte tatsächlich versucht, Teni zu töten.

Teni hörte Callens und Sams Stimmen in der Senke im Wald, als sie an Resten ihres Hauses vorbeiging. Verkohlte Schindeln, zerrissene Holzteile und Stücke des Blechdachs übersäten den gewundenen Weg zum Eiskeller.

Bitte lass nicht zu, dass mit Julia etwas ist.

Rechts von ihr knackte es.

Sie erstarrte und blickte sich im Wald um. Unter den dichten Blättern kam von dem starken Regen nur ein leichtes Nieseln an.

»Hallo?«

Nichts.

Schüttle es ab, Teni. Du bist paranoid. Jared verfolgt dich nicht. Und selbst wenn er es versuchen sollte! Du bist inzwischen Polizistin und kein eingeschüchtertes kleines Mädchen mehr.

Der Weg zum Eiskeller führte zuerst bergab und dann wieder ein Stück bergauf.

Vorsichtig trat sie über den schmalen Bach. Rechts von ihr hörte sie ein lautes Plätschern, als wäre jemand in den Bach gesprungen.

Sie schluckte. »Callen, bist du das?« Wenn er zu Pauls Auto hinüberschaute und bemerkte, dass sie nicht mehr dort war, würde er ihr sicherlich sofort folgen. Sie bekam keine Antwort.

Sollte sie umkehren oder weitergehen?

Inzwischen war sie dichter am Eiskeller als an ihrem Haus, das sie heute Abend verloren hatte. Am besten, sie ging einfach weiter.

Vorsichtig suchte sie mit den Augen die Dunkelheit ab und setzte ihren Weg fort. Die Scheinwerfer warfen einen gespenstischen, nebligen Lichtschein durch die Bäume. Teni blieb stehen und lauschte.

Es war zwar vollkommen still, aber etwas sagte ihr, dass sie nicht allein war. Kurz entschlossen beschleunigte sie ihre Schritte, nur noch zehn Meter trennten sie vom Eiskeller. Plötzlich vernahm sie schwere Schritte hinter sich. Das war jedenfalls nicht Callen. War es Jared? War er zurückgekommen, um ihr etwas anzutun?

Sie begann zu laufen und schrie nach Callen.

Lauf zum Eiskeller! Dort kannst du dich verbarrikadieren.

Der Eiskeller war ein niedriges Gebäude, das sich

kaum vom Waldboden abhob und wie ein Fels auf der hügeligen Erde aussah.

Die Schritte wurden lauter. Hörte sie jemanden atmen? War er ihr etwa schon *so* dicht auf den Fersen?

Eine Gänsehaut lief ihr über den schweißnassen Rücken.

Ein Teil von ihr wollte, dass sie stehen blieb und sich umdrehte, um ihren Verfolger zu konfrontieren – aber sie war unbewaffnet.

Schließlich erreichte sie den Eiskeller und tastete nach dem Schloss. Es war aufgebrochen worden. Hastig riss sie die Tür auf und knallte sie hinter sich zu. Dann nahm sie die Schaufel, die an der Wand hing, und schob den Holzstiel durch den Griff an der Tür.

Schnell trat sie einen Schritt zurück und wünschte, sie hätte ihren Revolver bei sich. Sie hatte ihn Callen gegeben, weil sie befürchtet hatte, die Waffe könnte ihr aus der Tasche der viel zu großen Jogginghose herausfallen.

Die Eiskellertür klapperte und der Moschusgeruch eines Rasierwassers drang durch den schmalen Spalt zwischen Tür und Wand.

Sie schrie erneut nach Callen und trat vor, um zu sehen, ob sie durch den schmalen Spalt Jareds Gesicht erkennen könnte. Eine Messerklinge drang durch den Spalt und verfehlte ihr Auge nur um Zentimeter.

Entsetzt taumelte Teni zurück und suchte nach etwas, mit dem sie sich verteidigen könnte. Dabei betete sie, dass Callen ihr Schreien gehört hatte.

Wieder wurde an der Tür gerüttelt und das Messer durchgeschoben. Dann wackelte es hin und her. Anscheinend wollte ihr Angreifer es herausziehen und noch einmal zustechen. Aber es kam nichts.

Schweigen.

Hatte er aufgegeben oder versuchte er nur, sie zu täuschen?

In der Nähe ertönten Schritte. *Kam er zurück?*

Jemand rüttelte kräftig an der Tür. Ihr Herz stockte und ihr Brustkorb zog sich zusammen.

»Teni!«, rief Callen und sie seufzte erleichtert auf.

Danke, Herr!

»Ich bin hier drinnen. Warte.« Sie zog die Schaufel heraus und drückte kräftig gegen die Tür. Callen zog von außen, während sie von innen schob, um die Tür, die nach oben aufging, zu öffnen. Einen Moment später lief Callen eilig die Stufen zu ihr hinunter. »Was ist passiert?«

Nachdem sie ihm alles erzählt hatte, fragte er: »Aber du hast nicht gesehen, wer es war?«

Teni schüttelte den Kopf.

»Normalerweise würde ich jetzt den Wald absuchen. Aber er könnte überall sein. Und im Moment ist es wichtiger, dich in Sicherheit zu bringen.« Er strich ihr über den Rücken und atmete tief aus. »Glaubst du, er war die ganze Zeit hier im Wald und hat alles beobachtet?«

»Ich weiß es nicht.« Sie trat zu dem Laken, in das Callen ihre tote Cousine eingewickelt hatte, und hob es hoch. Unter dem Laken lagen nur Getreidesäcke. Entsetzt keuchte sie auf. »Julia ist nicht mehr da.«

»Was!? Du glaubst doch nicht ...?«

»Er muss Julia weggebracht haben. Dabei hat er mich gesehen und ...«

»... und gedacht, dass er diese Gelegenheit nutzen könnte, um dich umzubringen.«

Sie schüttelte den Kopf. »Was, glaubst du, hat er mit Julia gemacht?«

»Vielleicht hat er sie woanders versteckt. Wir könnten Leichenspürhunde vom Festland anfordern, aber bei dem Sturm ...«

»... sind die Telefonleitungen tot.«

»Du hast also nicht einfach aufgelegt, als ich mit dir telefoniert habe?«, fragte er.

»Wie bitte? Nein! Natürlich nicht. Wie kommst du darauf, dass ich das machen würde?«

»Ich fand nur, dass du das Gespräch ziemlich abrupt beendet hast.«

»Das habe ich nicht. Die Leitung war plötzlich tot.«

Ein Gedanke schoss ihr durch den Kopf. »Glaubst du, dass er auch meine Telefonleitung durchtrennt hat?«

»Wahrscheinlich war das eher der Sturm, aber das können wir ja feststellen, wenn wir wieder bei mir sind.«

»Wolltest du nicht zuerst nach der Brandursache suchen?«

»Die haben wir schon gefunden.«

Abwartend schaute sie ihn an.

»Eine manipulierte Gasleitung.«

»Manipuliert? Was soll das heißen?«

»Das soll heißen, dass jemand absichtlich dein Haus in die Luft gejagt hat.«

Sie schluckte. »Und ich sollte mit dem Haus in die Luft fliegen?«

Er nickte. »So sieht es leider aus.«

Kapitel 9

Freunde und Nachbarn, die die Explosion gehört und das Feuer gesehen hatten, kamen zur Brandstelle und sprachen mit Teni. Maxine und Jensen machten sich besonders große Sorgen um sie, aber sie versicherte ihnen, dass es ihr gut gehe. Obwohl das glatt gelogen war. Doch sie wollte nicht länger in Selbstmitleid versinken, sondern lieber ihre ganze Energie darauf verwenden, den Schuldigen zu finden und dafür zu sorgen, dass er hinter Gitter kam.

Als es schon fast Morgen war, trat Callen zu ihr. Sein Gesicht war mit Asche und Ruß verschmiert und ein beißender Rauchgeruch hing an ihm. Großzügig bot er ihr sein Gästezimmer an.

»Du bist also mit deinen Untersuchungen fertig?«, fragte sie, während sie durch den Wald zu Callens Haus gingen.

»Die ersten Untersuchungen haben genügend Hinweise ergeben, mit denen wir beweisen können, was die Ursache für die Explosion war, aber wenn es hell ist, werde ich alles noch einmal gründlich untersuchen. Das Tageslicht bringt Dinge an den Tag, die die Dunkelheit verbirgt, weißt du.«

Sie hoffte, er würde jetzt nicht anfangen, davon zu reden, wie schön Gottes Wahrheit und sein Licht waren, denn sie sah im Moment nichts als erdrückende Dunkelheit.

Konzentriere dich auf den Fall! »Deine Untersuchungen haben also was ergeben?«

»Wir haben eindeutige Beweise, dass die Gasleitung manipuliert wurde. Genauer gesagt, sie wurde durchtrennt. Die Explosion geschah im Keller, als sich das Gas dort ausgebreitet und die Zündflamme erreicht hatte. Die Schockwellen haben sich vom Keller aus in die oberen Stockwerke ausgebreitet.«

Dass es kein Unfall gewesen war und jemand versucht hatte, sie zu töten, hatte er bereits gesagt. Aber jetzt gab es für diese Vermutung unumstößliche Beweise. Als ihr das bewusst wurde, hatte Teni das Gefühl, als bekäme sie keine Luft mehr.

»Willst du darüber reden, Teni?«

Sie schüttelte den Kopf.

»Ich weiß, dass du stark bist. Du bist eine der stärksten Frauen, die ich kenne, aber du bist auch sensibel. Ich bin wahrscheinlich der letzte Mensch, mit dem du jetzt reden willst. Aber ich bin hier und ich verspreche dir, dass ich wirklich gut zuhören kann.«

Er versprach ihr etwas? Als er ihr schon einmal etwas versprochen hatte, hatte sie ihm vorbehaltlos geglaubt. Doch dann hatte er ihr Vertrauen zerstört. Seit jenem Tag am Strand hatte sie sich fest vorgenommen, dass sie niemandem mehr die Macht geben wollte, sie je wieder so zu verletzen. Nicht einmal Callen Frost. Damals hatte er ihr bestätigt, dass etwas dran war an dem Gerücht, das sie durch Everett Jones gehört hatte.

Selbst wenn er versucht hätte, um sie zu kämpfen – selbst wenn er sie um Verzeihung gebeten hätte –, ja, selbst wenn sie es irgendwie geschafft hätte, ihm zu vergeben: Es wäre nie wieder so gewesen wie früher. Wie sollte das auch möglich sein?

»Was ist denn mit dir?«, fragte er und schaute sie an, als sie aus dem Wald traten und durch den Regen sein Haus sahen, das hell erleuchtet war.

Sie runzelte die Stirn. »Nichts.«

»Aber dein ganzer Körper hat sich gerade so angespannt, als wäre dir plötzlich etwas in den Sinn gekommen.«

Sie riss ihre Gedanken von Callen los und konzentrierte sich wieder auf den Fall. Auf das, worüber sie vorher gesprochen hatten. »Was ist, wenn …?«

Callen schloss auf und hielt ihr die Haustür auf.

Sie trat ein und hängte ihre triefende Regenjacke an den Garderobenständer. Wasserbäche liefen an dem glatten Material hinunter, sammelten sich unten und tropften dann auf die dicke schwarze Matte unter dem Ständer. Dasselbe beobachtete sie stumm bei Callens Regenmantel.

Der große Mann zog seine Stiefel aus und ließ sie neben der Tür stehen. Sie tat es ihm gleich.

»Entschuldige, ich wollte deine Frage nicht ignorieren. Ich wollte dich nur erst ins Haus bringen, wo es trocken und warm ist. Du hast gerade gesagt: Was ist, wenn …?« Er deutete zum Sofa.

Teni setzte sich auf die Couch. »Ich kenne jeden auf dieser Insel. Das heißt, ich kenne den Mann, der versucht hat, mich zu töten, vorausgesetzt er ist von hier.« Jared Connor fiel ihr als erster Verdächtiger ein, aber würde Jared wegen des Streits um die Fähre wirklich so weit gehen? Andererseits hatte sein Hass auf sie viel tiefer liegende Gründe. Das war schon immer so gewesen. Er hasste sie, er hasste ihre Familie, weil ihnen die Insel gehörte. Versuchte er, die noch lebenden Kents - auch wenn sie nur noch sehr wenige waren - einen nach dem anderen auszulöschen?

Seufzend atmete sie aus. Ging sie zu weit in ihren Überlegungen? Auf ihren Instinkt hatte sie sich immer verlassen können. Wenigstens fast immer. In Gedanken ging sie in die Vergangenheit zurück und erinnerte sich daran, als sie danebengelegen hatte. Bei dem Mann, der nur zwei Meter entfernt vor ihr stand, hatte ihr Instinkt versagt.

Callen drehte die Heizung auf. Wahrscheinlich hielt er es für besser, kein Feuer zu machen, obwohl an der gegenüberliegenden Wand ein edler gemauerter Kamin stand. Dann hockte er sich neben sie. »Ich weiß, es ist sehr beunruhigend, dass es Jared gewesen sein könnte. Und falls er es nicht war, war es wahrscheinlich jemand anderes, den du kennst.«

Das war nicht *beunruhigend*, sondern *extrem beängstigend*. Julias Mörder, der auch versuchte, sie zu töten, war jemand, den sie *kannte*.

Sie rieb sich über die Arme. Ein plötzlicher Schauer erfasste sie, gegen den sie sich nicht wehren konnte. Ihr war eiskalt und am ganzen Körper hatte sie eine Gänsehaut.

»Was ist?«, fragte er. Er hatte immer noch die lästige Angewohnheit, das zu machen. Er merkte, wenn sie sich aufregte oder nachdachte oder … irgendetwas anderes in ihr vorging. Er *kannte* sie. Selbst noch nach so vielen Jahren.

»Ich versuche nur zu begreifen, warum er Julias Leiche gestohlen hat.«

Callen fuhr sich durchs Haar. »Ich habe keine Ahnung. Es sei denn …«

»Es sei denn, er befürchtet, dass die Gerichtsmedizinerin bei der Autopsie etwas findet, das beweisen würde, dass es kein Unfall war.«

»Zum Beispiel?« Callen motivierte sie, den Fall aus der Sicht des Mörders zu betrachten.

»Beweise dafür, dass sie ermordet wurde. Oder …«

»Beweise, die ihn als ihren Mörder überführen könnten«, beendete er ihre Gedanken.

Sie schluckte schwer. »Ja.«

Wo konnte Julias Leiche nur sein? So albern es auch war, jetzt betete sie doch tatsächlich dafür, dass sie Julias Leiche finden würden, damit ihre Cousine eine anständige Beerdigung bekäme und im Familiengrab neben ihren und Tenis Eltern ihre letzte Ruhe finden könnte.

Stockend atmete Teni ein. Sie hatte so viel verloren!

Er hatte es vermasselt. Weil er zu selbstsicher gewesen war. Nicht nur hatte er Julias Leiche gestohlen, um zu verhindern, dass die Gerichtsmediziner Indizien dafür fanden, dass sie ermordet worden war. Er hatte darüber hinaus versucht, Tennyson noch in derselben Nacht zu töten. Warum nur hatte diese verhasste Frau ihn gehört? Er hätte ahnen können, dass sie die Geräusche, die er machte, nicht wie jeder normale Mensch auf den Wind oder den Sturm schieben würde. Nein, sie war Polizistin. Durch und durch. Zugegeben, heute war ihr ihr Sachverstand zugutegekommen. Aber damit wäre es bald vorbei.

Er hatte die beiden beobachtet, als sie Julias Leiche entdeckt hatten, die auf Henry's Point angespült worden war. Anstatt sie mitzunehmen und alles für die Beerdigung vorzubereiten, hatte Tennyson daraus unbedingt einen Tatort machen müssen. Dieses verflixte Weib hatte schon immer Schwierigkeiten gemacht und jetzt stand sie seinen Plänen im Weg!

Das Adrenalin gab ihm Kraft, mit kräftigen Ruderschlägen sein getarntes Boot schnell durchs Wasser zu bewegen. Der Sturm übertönte das Klatschen seiner Ruder. Er steuerte das Boot hinein in die dunkle

Bucht, band die Gewichte an Julias Leiche und rollte sie schließlich über Bord.

Dieses Mal würde niemand sie finden! Nicht einmal Tennyson Kent.

Mit einem zufriedenen Lächeln ruderte er zurück und überlegte, ob er seine Absichten heute Nacht weiterverfolgen sollte. Aber es wäre verrückt, Tennyson anzugreifen, solange sie in Callen Frosts Haus war. Der Kerl war Polizist und musste sich natürlich auch noch einmischen! Nein, er würde trotz seiner Ungeduld einen günstigen Moment abwarten müssen. Mindestens bis morgen würde er sich gedulden müssen, bis sie allein im Wald war. Schließlich war sie jeden Tag irgendwann allein unterwegs. Er brauchte nur ein wenig zu warten.

Dieses Miststück war so sehr von sich selbst überzeugt. Aber dieses Mal würde ihr Stolz ihren Untergang besiegeln.

Schnell und gnadenlos würde er zuschlagen und dann würde sie ihm nicht entkommen.

Noch bevor der Nordoststurm weiterzog, wäre Tennyson Kent tot.

Kapitel 10

»Du solltest wenigstens ein paar Stunden schlafen«, sagte Callen und reichte ihr eine dampfende Tasse mit heißem Apfelsaft und einer Zimtstange. »Wir reden mit Jared, sobald ich meine jetzigen Untersuchungsergebnisse in deinem Haus bestätigt habe.«

»Okay, ich ruhe mich aus. Aber noch nicht jetzt.« Wahrscheinlich würde sie sowieso nicht schlafen können, sondern nur von schrecklichen Albträumen geplagt werden.

»Wie du meinst.« Er nahm einen gelben Block und einen Stift vom Tisch und legte beides vor sie hin.

Fragend runzelte sie die Stirn. »Was soll ich damit?«

»Schreib die Namen von allen Leuten auf, die nach dem Feuer gekommen sind. Ich habe festgestellt, dass die meisten Brandstifter gern das Feuer sehen, das sie selbst gelegt haben.«

»Das ist ja krank.«

»Ja, aber es ist leider so.« Callen atmete hörbar aus. »Danach können wir die Namen aller Insulaner aufschreiben und dann die Listen miteinander vergleichen. Vielleicht können wir ja so den Kreis der Verdächtigen eingrenzen.«

»Okay. Und welchen Sinn hat das?«

»Wir fangen mit jedem möglichen Verdächtigen auf der Insel an und grenzen dann die Liste der Verdächtigen ein. Zum Beispiel wissen wir, dass es ein Mann war. Also markieren wir die Männernamen.«

»Warum schreiben wir dann nicht nur die Männernamen auf?«

»Nur weil du einen Mann im Wald gesehen hast, heißt das nicht automatisch, dass er allein gearbeitet oder seine eigenen Ziele verfolgt hat.«

»Das heißt, er könnte einen Partner gehabt haben oder dafür bezahlt worden sein?« Könnte Marybeth das alles eingefädelt haben und ihr Sohn hatte es ausgeführt? Marybeth hasste Teni noch mehr, als Jared es tat.

»Zum jetzigen Zeitpunkt ist alles möglich. Ich

weiß, dass du mit Jared Streit hattest, aber was ist zum Beispiel mit deinem Exverlobten?«

Na prima. Callen hatte also schon gehört, dass ihre Verlobung gelöst war. Inzwischen wusste es wahrscheinlich jeder. Auf der kleinen Insel sprachen sich Neuigkeiten schnell herum. »Alex?«

Callen rieb sich den Nacken. »Er ist sicher nicht glücklich darüber, dass eure Verlobung geplatzt ist.«

Teni verzog das Gesicht. »Natürlich ist er darüber nicht glücklich, aber die Entscheidung, unsere Verlobung zu lösen, ging von ihm aus und nicht von mir.«

Callens Augen weiteten sich ein wenig. Sie konnte sehen, dass er Fragen hatte, wollte aber im Moment nicht näher auf ihre Beziehung zu Alex eingehen. Deshalb sagte sie nur: »Wir hatten beide Bedenken, aber er war derjenige, der die Verlobung gelöst hat.«

»Trotzdem könnte er deshalb immer noch sauer sein. Vielleicht hat er erwartet, dass du dich dagegen wehren würdest, die Hochzeit abzusagen. Wenn er dich geheiratet hätte, wäre er zusammen mit dir Eigentümer dieser Insel geworden, oder?«

»Ja, und?«

»Entschuldige. Ich weiß, dass es kalt klingt, wenn ich diese Fragen stelle, und ich möchte wirklich nicht unsensibel sein. Aber bei Untersuchungen müssen solche Fragen einfach gestellt werden. Das weißt du doch selbst.«

Sie nickte. Natürlich verstand sie, dass das nötig war, aber es machte diese Fragen trotzdem nicht angenehmer. »Das ist mir klar.« Was Callen sagte, klang plausibel, aber er wusste nicht, dass Alex die Insel überhaupt nicht mochte. Er hatte immer gesagt, dass sie für einen Golfplatz und eine teure Hotelanlage ideal wäre. Mehrmals hatte er versucht, sie zu überreden, die Insel zu verkaufen. Bei ihrer Verlobungsfeier hatte sie ihm endgültig klargemacht, dass ein Verkauf der Insel für sie nie infrage käme. Daraufhin war er tatsächlich so weit gegangen und hatte sie einem Bauunternehmer vorgestellt, der mit seinem Vater befreundet war. Der hatte sich sehr für die Insel interessiert. Aber Alex würde doch sicher nicht so weit gehen und ... Was hätte er davon? Rache? »Alex kann es nicht gewesen sein. Lenny hat ihn nach Annapolis zurückgebracht, bevor der Sturm aufzog.«

»Bist du sicher, dass er dort angekommen ist?«

»Ja. Er hat angerufen und gesagt, dass Lenny im Hafen vor Anker gegangen ist und sich bei Freunden die Zeit vertreibt, bis der Sturm vorbei ist.«

»Kam der Anruf von seinem Handy?«

»Keine Ahnung.«

»Er hätte also auch von einem Festnetzanschluss

irgendwo auf der Insel anrufen können, bevor der Sturm die Leitungen lahmgelegt hat.« Callen hatte sich vergewissert, dass die Leitungen tot waren. Wenigstens in Tenis Haus und seinem eigenen.

»Theoretisch ja. Aber wie hätte Alex zurückkommen sollen, wenn Lenny in Annapolis geblieben ist?«

»Bist du sicher, dass Lenny in Annapolis geblieben ist, oder gehst du nur von dem aus, was Alex gesagt hat?«

»Ja, davon gehe ich aus ...«

»Wenn du dich ausgeruht hast, können wir zu Lennys Haus fahren und nachsehen, ob sein Boot fort ist oder ob es sturmfest verankert ist.«

»Gut, aber wenn Lenny fort ist, streichen wir Alex von der Liste der Verdächtigen.«

»Nachdem Lenny ihn im Hafen hat aussteigen lassen, hätte er sich von einem anderen Boot zurückbringen lassen können.«

»Bei diesem Sturm?«

»Ein guter Seemann schafft das. Bis jetzt sind es nur die Ausläufer des Nordoststurms. Du wärst überrascht, wozu viele Seeleute bereit sind, wenn das Geld stimmt, das sie dafür bekommen.«

Kam Alex tatsächlich infrage? Konnte der Mann, mit dem sie sieben Monate befreundet gewesen war, tatsächlich ein Mörder sein? »Aber auch wenn du recht hast und er sauer war ... Selbst wenn er mich umbringen sollte, bekommt er die Insel nicht.«

»Aber wenn er die Insel als großen Verlust ansieht und du in seinen Augen der Grund bist, warum er die Insel verloren hat ...«

Das war ein beunruhigender Gedanke.

»Nur aus Neugier: Hätte Julia die Insel nach dir geerbt?«

»Nein. Unser Cousin William würde sie erben, da sein Vater der zweitälteste Bruder war.«

»Williams Eltern würden nicht erben?«

»Sein Vater ist an einem Herzinfarkt gestorben und seine Mutter ist nicht erbberechtigt.«

»Was soll das heißen?«

»Das Erbe geht nur auf jemanden über, der direkt von den Kents abstammt. Wenn ich nicht mehr wäre, ginge Talbot an das einzige Kind meines Onkels, an William. Und danach ginge es an ...«

»Julia?«

Sie nickte. »Ja.«

»Es sieht also nicht danach aus, als ob das Erbe ein Motiv sein könnte. Ich dachte, wenn die Insel von dir an Julia übergehen würde, könnte vielleicht ...«

»Wenn das der Fall sein sollte und es wirklich um das Erbe geht, müssen wir William warnen.«

Callen bewegte sich vorsichtig, als komme ihm

ein Gedanke, den er aber lieber nicht aussprechen wollte.

»Was ist?«

Er fuhr sich mit der Hand durch sein nasses Haar. »Wahrscheinlich nichts.«

»Bitte sag es mir.« Sehr viel schlimmer konnte es nicht mehr werden.

»Julia und du, ihr seht euch sehr ähnlich. Und normalerweise bist du die schnellere Schwimmerin. Was ist, wenn ...?«

Teni schluckte schwer. »... wenn er gar nicht Julia umbringen wollte, sondern mich? Und weil ich so langsam geschwommen bin, wurde die arme Julia an meiner Stelle ermordet?« Dieser Gedanke war entsetzlich. Heiße Tränen brannten ihr in den Augen.

»Komm her.« Ohne auf ihre Erlaubnis zu warten, nahm Callen sie in seine Arme. »So darfst du nicht denken.«

»Aber was, wenn es stimmt?« Was, wenn sie an Julias Tod schuld war?

Kapitel 11

Teni wälzte sich unruhig im Bett. Alles in ihr drängte sie dazu zu beten, aber sie wehrte sich innerlich dagegen, während das Kissen ihre Tränen wie ein Schwamm aufsaugte.

Warum wollte jemand sie töten? Konnte wirklich Alex der Täter sein, wie Callen es vermutet hatte?

Es erschien ihr unmöglich, dass der Mann, mit dem sie verlobt gewesen war, sie töten wollte. Und doch regte sich in ihr ein ungutes Gefühl. Vielleicht war es doch klüger, diese Möglichkeit nicht von vornherein auszuschließen.

Schwer seufzend knüllte sie das Kissen zusammen, um eine bequemere Lage zu finden.

Falls Callens Verdacht stimmte, war es leider nicht das erste Mal, dass sie bei einem Menschen eine gravierende Charakterschwäche übersehen hatte. Callen Frost stand ganz oben auf der Liste der Menschen, für die sie früher ihre Hand ins Feuer gelegt hätte.

Seit dem Tag in der Kirche, an dem sie sich kennengelernt hatten, waren sie fast unzertrennlich gewesen. Teni war während des Gottesdienstes draußen auf dem Flur buchstäblich in ihn hineingelaufen. Im Hintergrund hatte sie die Kirchenlieder gehört, als sie zurückgegangen war und im Flur ihre Lieblingsschleife gesucht hatte, eine sonnengelbe Haarschleife. Sie hatte sie irgendwie verloren. Plötzlich hatte er vor ihr gestanden, sich gebückt und die Schleife aufgehoben. Schon zuvor hatte sie von Callen Frost, dem schnellsten Kind auf der Insel, gehört. Mütterlicherseits stammte er von den Pocomokes ab. Sein Stammbaum reichte bis zu den Ureinwohnern zurück, die auf der Insel gelebt hatten, als einer ihrer Vorfahren vor so vielen Generationen, dass sie sie nicht genau zählen konnte, Eigentümer der Insel geworden war.

Damals war sie erst sechs gewesen, aber sie erinnerte sich immer noch an diesen Tag und an das unerklärliche Gefühl, als würde sie Callen schon ihr ganzes Leben lang kennen. Sie waren sich bestimmt auch vorher schon über den Weg gelaufen, da Talbot so klein war, aber ihre erste Erinnerung an ihn – und an sie *beide* – war genau diese Begegnung im Flur gewesen.

Von diesem Tag an waren sie unzertrennlich gewesen und hatten sich oft im Wald getroffen, um gemeinsam abenteuerliche Rätsel zu lösen. Nach vielen gemeinsamen sorglosen Jahren war er ans College gegangen. Und wenige Monate später hatte er ihr das Herz gebrochen.

Bei der schrecklichen Erinnerung an diesen grauenvollen Tag vor zehn Jahren machte sie krampfhaft die Augen zu. Schließlich schlug sie sie wieder auf.

Wenn Callen – ein Mann, den sie praktisch schon ein Leben lang kannte – sie mit seinem Ausrutscher so eiskalt hatte erwischen können, dann sollte sie sich eigentlich nicht wundern, dass das jemand anderes ebenfalls konnte.

War ihre Trennung von Alex Gottes Art gewesen, sie vor einem Mann mit gravierenden Charakterschwächen zu beschützen? Vor einem Mann, der zu einem Mord fähig war?

Aber *Alex* hatte doch die Verlobung gelöst. Wenn er so wütend auf sie war und Talbot haben wollte, warum hatte er dann die Hochzeit abgeblasen? Warum hatte er sie nicht geheiratet und erst danach getötet? Weil er auch nach ihrem Tod die Insel nicht bekommen hätte. Die Insel würde nur in der direkten Familienlinie weitergegeben werden und Teni hatte ihm unmissverständlich klargemacht, dass sie Talbot nie verkaufen würde.

Vielleicht war er wirklich wütend und machte sich die Auflösung der Verlobung und seine angebliche Rückfahrt nach Annapolis als Alibi zunutze. Dieser Gedanke ließ ihr keine Ruhe.

Mühsam atmete sie aus und drehte sich zum Fenster herum. Draußen prasselte der Regen unablässig auf die Erde.

Dann war da noch Jared Connor. Ihn zu befragen, darauf freute sie sich wahrlich nicht. Aber falls er Julia getötet hatte, würde sie alles tun, damit er als Mörder ihrer Cousine hinter Gitter kam.

Das alles ließ ihr keine Ruhe und auch der bevorstehende Tag würde sie noch mit neuen Herausforderungen konfrontieren. Zum ersten Mal seit dem Tod ihrer Eltern hatte sie Sehnsucht nach Gott. Sie hatte einen tiefen Hunger nach der Beziehung, die sie abgebrochen hatte. In Gottes Wort stand, dass er sie nie verlassen würde, aber sie selbst hatte nichts mehr mit ihm zu tun haben wollen. Stattdessen hatte sie ihn zur Zielscheibe ihres Schmerzes und ihrer Wut gemacht, die sie innerlich zerfressen hatten. Vielleicht hatte sie sich ja geirrt. Vielleicht hatte sie die einzige Quelle, bei der sie Trost, Frieden, eine Beziehung und Heilung finden konnte, aus ihrem Leben ausgeschlossen. Und vielleicht war das der Grund dafür, warum sie sich jahrelang so leer gefühlt hatte.

Teni schlug die Augen auf und blickte zu den Kieferpaneelen an der Decke. Callens Gästezimmer. Sie war bei Callen zu Hause. Seine Mutter wohnte zwar noch immer im Haus seiner Familie, aber sie hatte gehört, dass Callen das Millerhaus gekauft hatte, als der alte Mr Miller gestorben war. Die letzten drei Jahre hatte er wohl damit verbracht, es an den Wochenenden zu renovieren. Das zweistöckige Haus im Neuengland-Stil mit verwitterten, grau gestrichenen Zedernschindeln, dem traditionellen Blechdach und den grünen Zierleisten war sehr einladend. Es hatte viel Ähnlichkeit mit dem Haus von Tenis Familie. Nur die Schindeln hatten eine andere Farbe. Ihre Schindeln waren marineblau mit glänzenden weißen Zierleisten gewesen. Die Farben des Meeres hatten immer eine beruhigende Wirkung auf ihre Seele gehabt.

Dass sie das Haus ihrer Familie verloren hatte, brach ihr erneut schier das Herz.

Teni drehte sich zum Fenster. Der Regen prasselte

unaufhörlich dagegen und die Tropfen prallten von der Glasscheibe ab. Weiches Licht fiel durch die weißen Gardinen. Es war Zeit aufzustehen. Sie warf einen Blick auf die Uhr auf dem Nachttisch. 8:38 Uhr. Sie sollte schon seit dem frühen Morgen damit beschäftigt sein, die Untersuchungen fortzusetzen, die sie begonnen hatten, als sie Julia am Strand gefunden hatten. Die Bilder von der Leiche ihrer Cousine ließen ihr keine Ruhe. Richtiggehend übel wurde ihr davon. Teni hielt sich den Bauch. Sie drückte die Augen zu, betete für ihre Cousine und fragte sich ausnahmsweise nicht, warum sie das machte. Julia verdiente das. Und sie selbst? Sie war am Ende. Sie war müde und erschöpft und hatte nichts mehr zu geben. Innerlich kapitulierte sie und schrie zu Gott, er möge ihr die Gefühle von Wut vergeben und sie in seine Arme schließen, wie er das vor vielen Jahren gemacht hatte.

Ich war die ganze Zeit über hier. Sie konnte diese tröstlichen Worte förmlich hören und sie taten ihrer verletzten Seele so gut. *Ich habe dich schon immer geliebt.*

Ein tiefer Friede inmitten ihrer schrecklichen Umstände breitete sich in ihr aus. Zwar löschte er den Schmerz nicht aus, aber er hüllte sie inmitten des Schmerzes schützend ein.

Wie ein Vogel seine Flügel über die Jungen ausbreitet, so werde auch ich dich stets behüten und dir nahe sein.

Gottes Zusagen gingen ihr durch den Kopf. Sie saß still da und ließ sie auf sich wirken.

Danke, Jesus, dass du mich nie verlässt. Auch wenn ich nicht verstehe, warum das alles geschieht, will ich dir in diesem Chaos vertrauen. Vergib mir, dass ich so viele Jahre nichts von dir wissen wollte. Ich bin am Ende meiner Kraft. Ich brauche dich. Hilf mir, den Mann zu finden, der Julia ermordet hat und der versucht hat, mich zu töten. Und bitte beschütze mein Herz. Es fühlt sich an, als wären Callen und ich nie getrennt gewesen, aber ich verstehe nicht, wie das sein kann. Was willst du mir damit sagen? Doch sicher nicht, dass ich ihm wieder vertrauen soll? Er hat sich nicht einmal entschuldigt für damals. Und warum zerbreche ich mir eigentlich in einer solchen Situation deswegen den Kopf?

Weil nicht nur Gott immer ihr Fels gewesen war, sondern auch Callen. Für den größten Teil ihres Lebens war er ihre Konstante gewesen. Und sie hatte sich nie ganz davon erholt, dass sie so plötzlich jemanden verloren hatte, den sie so sehr liebte. Jetzt, da sie wieder in seiner Nähe war, kehrten die ganzen Gefühle zurück, die sie für ihn gehabt hatte. War er der Grund dafür gewesen, warum sie sich nie ganz auf Alex eingelassen hatte? Liebte sie irgendwo tief in ihrem Inneren noch immer Callen Frost?

Entschieden schüttelte Teni den Kopf, rollte sich auf die Seite, warf die Decke zurück und trat auf den kühlen Fußboden. Genug von diesen Gedanken! Die Temperaturen waren spürbar gesunken, da der Sturm immer näher rückte und die Wolkendecke die Sonne aussperrte. Der Himmel war dunkelgrau, stark bewölk, auch wenn er von wenigen hellen Stellen durchzogen war. Wenn ihr Großvater Pete recht hatte und sie die Farben des Himmels richtig deutete, dann blieben ihnen weniger als zwölf Stunden, bis der Sturm Talbot mit voller Wucht treffen würde. Den offiziellen Wetterbericht kannte sie nicht, aber sie wusste, dass ein Seemann nur den Himmel beobachten und die Luft riechen musste, um die bevorstehende Wetterveränderung vorherzusagen.

Abendrot Gutwetterbrot. Morgenrot Schlechtwetter droht.

Dieses Sprichwort war ihr von Kindesbeinen an eingetrichtert worden.

Sie schlich aus dem Schlafzimmer und hoffte, dass sie es bis ins Badezimmer schaffte. Sie wollte versuchen, nicht ganz so fertig auszusehen, wie sie sich fühlte, bevor sie Callen gegenübertrat. Aber sie war auf dem Flur erst zwei Schritte weit gekommen, als hinter ihr seine Tür quietschend aufging.

»Guten Morgen«, sagte er.

Sie drehte sich um und hoffte, dass sie nicht so furchtbar aussah, wie sie sich fühlte.

Er lehnte am Türrahmen, hatte die Arme verschränkt und ein leichtes Lächeln zog über sein attraktives Gesicht, das glatt wie ein Babygesicht war. Er schob es auf seine Pocomokeabstammung, dass ihm kein Bart wuchs. Callen liebte seine Wurzeln und die Traditionen seiner Familie. Er war stolz auf sein Erbe – sowohl als Pocomoke als auch als Ureinwohner der Insel –, obwohl er jetzt in Washington D.C. arbeitete. Das musste ein großer Kulturschock für ihn gewesen sein: Talbot war etwas völlig anderes als Washington. Aber er fand sich in beiden Welten zurecht, genauso wie sie in Annapolis und auf Talbot.

Teni versuchte erst gar nicht, sich mit der Hand durch ihr zerzaustes Haar zu fahren, da sie wusste, dass sie damit nur noch mehr Aufmerksamkeit darauf lenken würde, und antwortete einfach mit einem »Guten Morgen«.

»Ich habe dir Handtücher, Zahnbürste, Zahnpasta und eine Bürste ins Gästebad gelegt. Wenn ich mit meiner Untersuchung der Brandursache fertig bin, sollten wir in die Stadt fahren und dir bei Jones' etwas zum Anziehen kaufen, das dir besser passt als meine Sachen. Dann können wir mit der Suche nach dem Täter fortfahren.«

Der Gemischtwarenladen der Familie Jones, in dem man von Kleidung über Lebensmittel zu Enteisungsspray und Benzin alles kaufen konnte, gehörte der Familie, seit sich ihre Vorfahren auf der Insel angesiedelt hatten. Das Geschäft hatte als Apotheke begonnen, in der nebenbei auch Gebrauchsgegenstände verkauft worden waren. Im Laden gab es immer noch die ursprüngliche Apotheke, auch wenn das Mobiliar oft erneuert worden war. Teni liebte den antiken dunklen Walnussapothekerschrank mit den vielen kleinen Schubladen, in denen früher die einzigen Medikamente gelagert gewesen waren, die den Inselbewohnern zur Verfügung gestanden hatten: Tinkturen aus England und einheimische Kräuter von der Insel.

»Das ist eine gute Idee, aber wir sollten zuvor zum Bootshaus fahren. Ich habe dort immer Ersatzkleidung und Toilettenartikel. Wir können auf dem Weg in die Stadt dort vorbeifahren und sie mitnehmen.«

»Nur wenn du versprichst, dass du dieses Mal bei mir bleibst.«

Dieses Mal? Sie war jahrelang bei ihm geblieben, bis er an jenem Tag am Strand alles zerstört hatte. Wenigstens hatte es sich so angefühlt, als wäre alles zerstört. Aber jetzt fühlte sie, wie die Verbindung zu ihm wieder da war, obwohl sie das nie für möglich gehalten hätte.

Er schob sich vom Türrahmen weg. »Abgemacht?«

Einfach danebenzustehen, während er seine Untersuchung der Brandursache beendete, fiele ihr bestimmt nicht leicht. Aber sie wollte, dass seine Untersuchungen so schnell wie möglich abgeschlossen wurden, damit die Ergebnisse dokumentiert werden konnten und ohne Zweifel feststanden.

»Abgemacht«, sagte sie schließlich.

»Gut.« Er lächelte. »Es ist schön, dich wieder an meiner Seite zu haben.«

Sie schluckte und war sich nicht sicher, wie sie mit dieser Aussage umgehen sollte.

Callen trat näher und schob eine Haarsträhne hinter ihr Ohr. So gut, so tröstlich fühlte sich seine Berührung an – sie hatte gedacht, dass sie dieses Gefühl nie wieder erleben würde.

Jetzt schluckte er und trat noch ein wenig näher. »Ich habe mich nie für das, was ich getan habe, entschuldigt. Es war mir einfach so peinlich. Ich habe mich so geschämt. Ich hatte das Gefühl, dass ich dich gar nicht verdiene und du mir unmöglich verzeihen kannst.«

Darüber wollte er *jetzt* sprechen? Sie bemühte sich, die Tränen, die ihr in die Augen traten, zurückzudrängen. »Du hast mir ja nicht einmal eine Wahl gelassen. Hast nur gesagt, dass du etwas Furchtbares gemacht hast, dass es dir leidtut und dass du dich aus meinem Leben fernhalten willst. Das war alles. Dann warst du weg.« Heiße Tränen liefen ihr übers Gesicht. »Du hast nicht einmal versucht, mein Vertrauen zurückzugewinnen.«

»Ich weiß und das tut mir auch unendlich leid. Das war der schlimmste Fehler, den ich nach dem allerschlimmsten Fehler meines Lebens je gemacht habe. In jener Nacht habe ich versucht, die Trauer über den Tod meines Vaters im Alkohol zu ertränken. Einer meiner Mitbewohner hat uns etwas in die Getränke gemischt. Ich habe es genau gesehen. Ich wusste also, worauf ich mich einließ, aber ich habe es trotzdem getrunken. Das Nächste, an das ich mich erinnerte, war, dass ich mit irgendeinem Mädchen im Bett aufwachte und mich nicht einmal erinnern konnte, was passiert war. Bevor ich aufstehen konnte, kam Everett herein und hat uns gesehen.

Noch am selben Tag habe ich den Kontakt zu diesen Leuten abgebrochen, bin in ein anderes Zimmer gezogen und habe mein Leben wieder in die richtige Spur gelenkt. Aber darum geht es jetzt nicht. Ich weiß, dass ich zehn Jahre zu spät dran bin, aber nach allem, was passiert ist ... Nachdem ich die Explosion gehört habe und dachte, du wärst ...« Er schluckte. »Ich wusste, dass ich dir sagen muss, wie leid mir alles tut.

Und falls du es schaffen kannst, mir zu vergeben, würde ich dich gern zurückgewinnen und dich so lieben, wie du es verdienst.«

Wie benommen stand sie da. Die ganzen Gefühle des letzten Tages kamen wieder hoch und ihre Kehle war wie zugeschnürt. Endlich hatte sie die Worte gehört, die sie seit über zehn Jahren von Callen hatte hören wollen. Aber ... wie konnte sie ...? Wie konnten sie beide ...?

»Ich weiß, dass ich dich damit überfalle.« Callen trat von ihr zurück, was sie sofort bedauerte. »Ich mache uns ein paar Spiegeleier, während du im Badezimmer bist.«

»Okay.« Sie nickte unsicher und war noch immer völlig benommen.

Er ging zur Holztreppe und musste angesichts der niedrigen Decke den Kopf einziehen, bevor er nach unten ging.

Teni beeilte sich, im Badezimmer zu verschwinden, schloss die Tür hinter sich ab und lehnte sich von innen dagegen. Sie musste sich abstützen, da sie nicht sicher war, ob ihre Beine sie noch lange tragen würden.

Wie soll ich damit umgehen, Vater? Ich habe das Gefühl, dass du gerade mein Gebet erhört hast, aber was soll ich jetzt machen?

Sie musste all ihre Kraft zusammennehmen, um sich aufzurichten und einen Blick in den Spiegel zu wagen.

Mist!

Ihre Haare waren ein zerzaustes, verknotetes rotblondes Chaos. Die eine Hälfte war immer noch locker zu einem Zopf geflochten, die andere hing wirr über ihren Kopf. Die Mascara, die gestern Abend nicht abgegangen war, als sie sich das Gesicht gewaschen hatte, hatte unter ihren Augen dunkle Flecken hinterlassen. Sie selbst war so bleich wie ein Blatt Papier. Warum musste sie der einzige Mensch auf der Insel sein, der helle Haut hatte? Sogar noch heller als Paul und seine Familie, die allesamt rothaarig waren.

Teni putzte sich die Zähne und wusch sich das Gesicht. Dabei schrubbte sie kräftig und kniff sich anschließend noch in die Wangen, um ein wenig Farbe zu bekommen. Dann nahm sie ihre Haare in Angriff. Sie tat, was sie konnte. Als sie den Eindruck hatte, dass sie nicht mehr ganz so furchtbar aussah, ging sie die Treppe hinunter. Ihr Aussehen sollte das Letzte sein, worüber sie sich im Moment den Kopf zerbrach.

Callen drehte sich um und lächelte sie an, eine Eisenpfanne in der Hand. »Eier?«

»Ja, gerne.« Sie war so aufgewühlt gewesen, dass

sie seit dem gestrigen Frühstück fast nichts mehr gegessen hatte.

Als sie gestern aufgewacht war, hatte ihr Leben noch ganz anders ausgesehen. Sie war mit ihrem Verlobten zur Talbot Island aufgebrochen, um mit dem Pfarrer ihrer Heimatinsel die Hochzeit zu besprechen. Jetzt war die Verlobung gelöst, aber das war noch ihre geringste Sorge. Jemand hatte versucht, sie zu töten. Julia war tot und ihre Leiche war verschwunden. Teni beeilte sich mit dem Frühstück, da sie es nicht erwarten konnte, Leute zu befragen und die Insel abzusuchen. Sie würde nicht ruhen, solange sie nicht die Leiche ihrer Cousine gefunden hatte und sie richtig beerdigt war.

»Beruhige dich«, bat Callen. »Wir machen uns bald auf den Weg.« Er nahm auf dem Stuhl ihr gegenüber Platz und goss Soße über seine Eier.

»Wie kannst du so gelassen klingen?« So war er schon immer gewesen, wenn für ihn eine Sache geklärt war.

»Ich nehme das alles bestimmt nicht auf die leichte Schulter, aber du musst etwas essen. Du musst auf dich achten.«

»Dafür habe ich keine Zeit. Ich kann einfach nicht, solange jemand Fremdes Julias Leiche hat.«

Kapitel 12

Callen schloss seine Untersuchungen bei strömendem Regen ab. Er bestätigte ihr, dass die Gasleitung absichtlich durchtrennt und die Explosion in Tenis Haus mutwillig herbeigeführt worden war. Und dass es die Absicht des Täters gewesen war, Teni zusammen mit dem Haus in die Luft zu jagen. Gott sei Dank hatte sie ein Geräusch gehört und war hinausgegangen, um nachzusehen. Sonst wäre sie nicht mehr am Leben. Eine schmerzliche Erinnerung daran, wie kurz das Leben war und dass man nie wissen konnte, wann die letzte Stunde geschlagen hatte. Diese Erkenntnis machte Teni die Entscheidung, wie sie Callens Fragen beantworten und auf seine Entschuldigung reagieren sollte, leichter. Sie war bereit, Callen zu vergeben, die Vergangenheit ruhen zu lassen und in die Zukunft zu blicken. Das war ihr nach dem Gespräch mit ihm deutlich geworden. In seiner Bereitschaft, sich bei ihr zu entschuldigen, sah sie eine klare Führung Gottes.

Als sie gemeinsam um ihr Grundstück herum zum Bootshaus gingen, ergriff sie seine Hand und blieb neben dem Baum stehen, in dessen Rinde er ihre Initialen geschnitzt hatte, als aus ihrer Kinder- und Jugendfreundschaft Liebe geworden war.

»Ich erinnere mich immer noch an den Tag, an dem du das geschnitzt hast«, sagte sie mitten im strömenden Regen, auch wenn die Bäume sie ein wenig schützten. Sie deutete zu dem geschnitzten schiefen Herz mit Callens und ihren Initialen.

»Wir haben unter diesem Baum gepicknickt.« Er hob den Kopf und schaute nach oben. »Und mir ist eine Walnuss auf den Kopf gefallen.«

Teni schmunzelte. »Stimmt! Das hätte ich fast vergessen.« Damals hatte sie nur Augen für Callen gehabt und nichts anderes um sich herum wahrgenommen.

Er schmunzelte, während ein Donner die Erde erbeben ließ. »Ich habe versucht, romantisch zu sein. Wie alt war ich? Siebzehn? In meiner Vorstellung gehörten dazu belegte Brote und Tortillachips. Was habe ich mir nur gedacht? Gott hat diese Walnuss wahrscheinlich auf meinen Kopf fallen lassen, um mir ein wenig Verstand einzuhämmern.«

»Ich fand das sehr romantisch«, sagte sie und machte im peitschenden Wind und strömenden Regen einen Schritt auf ihn zu.

Er zog die Brauen hoch. Sein Gesichtsausdruck verriet ihr, dass er angenehm überrascht war. »Wirklich?«

»Ja.« Sie trat noch ein wenig näher, legte den Kopf in den Nacken und blickte zu ihm auf. Obwohl der Regen durch das Blätterdach über ihnen gedämpft wurde, fielen ihr Tropfen in die Augen. »Und vergiss nicht die Ferrero-Küsschen, die du dabeihattest.«

»Meine lahme Überleitung zu unserem ersten Kuss.«

»Das war nicht lahm und der Kuss war es ganz bestimmt nicht.«

Callen schaute sie durchdringend an. Sie nahm den Sturm, der um sie herum tobte, kaum noch wahr, als sie sich auf das Hämmern ihres Herzens konzentrierte, auf ihren tiefen Atem und auf das Blinzeln von Callens dichten Wimpern …

»Ich habe über das, was du heute Morgen gesagt hast, nachgedacht«, sprach sie weiter, als er ihr mit seinem Gesicht näher kam. »Ich verzeihe dir.«

Sie konnte sehen, wie eine schwere Last von ihm

abfiel, und hörte neue Hoffnung in seiner tiefen Stimme. »Wirklich?«

Sie nickte. »Ja.« Ihr Blick wanderte zu seinen Lippen und dann wieder zu seinen Augen. »Ich würde mich freuen, wenn wir es noch einmal versuchen würden.«

Er schluckte und sein Adamsapfel hüpfte. »Wirklich?«

»Ich würde mich sogar sehr freuen.«

Bevor sie auch nur blinzeln konnte, bewegten sich seine Lippen zu ihrem Mund und er legte seine starken Arme um sie. Als sie seine Nähe fühlte, war es, als wäre sie endlich wieder zu Hause angekommen. Wie hatte sie je denken können, eine so tiefe Liebe ließe sich ganz auslöschen? Auch wenn sie sich beide viel zu lange mit dieser schmerzlichen Geschichte gequält hatten. Aber sie war Vergangenheit. Teni wollte sich auf die Gegenwart konzentrieren und wollte ihre Zukunft genauso verbringen wie diesen Moment – in Callens Armen und eng mit ihm verbunden. Sie hatte versucht, eine Beziehung mit Alex aufzubauen, obwohl ihr Herz, ohne dass sie es gewusst hatte, die ganze Zeit einen anderen Mann geliebt hatte. Und das war Callen. Doch die Jahre, die sie verloren hatten, waren unwichtig, als er sie wieder in die Arme nahm und küsste, bis sie das Gefühl hatte, dass nichts mehr zwischen ihnen war.

Sie verlor jedes Zeitgefühl. Überrascht stellte Teni fest, dass sie nach diesem gigantischen Kuss ohne zu schwanken zum Bootshaus weitergehen konnte, obwohl ihre Beine ganz weich waren.

Sie entschuldigte sich für einen Moment und ging ins Badezimmer des Bootshauses, wo sie in eine Jogginghose, ein T-Shirt, einen Vliespullover und Sportschuhe schlüpfte. Dabei bemühte sie sich, nicht daran zu denken, wie sie erst vor wenigen Stunden mit Julia hier gewesen war. In eben diesem Bootshaus hatte sie gestern über Julias Versuche gelacht, ihr trotz der Trennung von Alex und der unangenehmen Konfrontation mit Jared und seiner Mutter ein Lächeln zu entlocken.

Julia war es immer gelungen, sie zum Lachen zu bringen, auch gestern, als sie ihre Schwimmbrillen aufgesetzt und sich darauf vorbereitet hatten, in das tiefe grünblaue Wasser zu springen und ihr Wettschwimmen zu starten. Teni legte die Hand an die weiße Holzwand, um sich abzustützen. Wie konnte es nur sein, dass ihre lebenslustige Cousine tot war?

»Ist mit dir alles in Ordnung?«, fragte Callen vor der Tür. Dieser Mann hatte schon immer einen sechsten Sinn gehabt.

»Ja.« Sie wischte sich die Tränen aus den Augen und versuchte, die erdrückende Traurigkeit abzuwehren, die sie erneut zu überrollen und zu erdrücken drohte. Wieder hatte sich ihr Leben von einer Sekunde auf die andere verändert. Sie atmete tief ein und dann langsam aus und wiederholte dieses bewusste Atmen, bis ihr Herz wieder einen normalen Rhythmus annahm. »Ich komme gleich«, sagte sie.

Schließlich holte Teni tief Luft, klemmte sich den Waschbeutel unter den Arm und machte die Tür auf. Callen wartete mit seiner typischen »Das-kaufe-ich-dir-nicht-ab«-Miene vor der Tür. Seine Haut war glatt und hatte die Farbe von braunem Honig. Seine Augen hatten den dunklen, tiefbraunen Farbton von Schokolade. Sein Haar war so dunkel wie schwarzer Kaffee, aber es war kürzer geschnitten als die schulterlange Frisur, die er als Jugendlicher gehabt hatte.

Callen hatte eine ungezähmte, attraktive Art und Teni hatte schon immer eine Schwäche für sein gutes Aussehen gehabt. Aber verliebt hatte sie sich in ihn, weil er so einen starken Charakter hatte, er war intelligent, witzig, stark, mutig und abenteuerlustig. Schon damals war das so gewesen. Er hatte ihr Herz und ihre Seele gewonnen und hatte sie offenbar nie losgelassen, auch wenn es äußerlich anders ausgesehen hatte.

Teni stieß den Atem aus und ließ die Schultern hängen, als ihre Gedanken zu Julia und zu ihren letzten gemeinsamen Momenten hier an diesem Ort wanderten. Ihre Gefühle fuhren Achterbahn mit ihr. Sie wusste nicht, ob sie über den Schmerz, der sie fast verzehrte, weinen oder wegen der Freude darüber, dass sie wieder mit dem Mann zusammen war, den sie liebte, lachen sollte. Ja, sie liebte ihn, auch wenn sie bis heute blind dafür gewesen war und es einfach nicht begriffen hatte.

Callen breitete einladend die Arme aus. Sie warf sich so schwungvoll hinein, dass er einen Moment nach hinten taumelte. »Julia und ich waren zusammen hier«, flüsterte sie unter Tränen. Der Schmerz war kaum auszuhalten. »Wir haben wie immer vor dem Wettschwimmen herumgealbert. Julia hat gelacht und ihre Sommersprossen haben getanzt.«

»Genauso wie deine.« Er strich ihr über die Wange und sie genoss diese zärtliche Geste.

»Das ist nicht fair.« Nichts von dem, was passiert war, war fair. Ihre Eltern, ihre Cousine, ihr Haus. Sie hatte in so kurzer Zeit so viel verloren.

»Nein, Liebes, das ist es nicht. Nichts von dem, was du durchgemacht hast, war fair.«

»Warum ist es dann passiert?« *Warum hat Gott es zugelassen?*

»Weil wir in einer gefallenen Welt leben. Das Böse existiert und Tragödien passieren leider. Aber uns trifft nichts, das Gott nicht zulassen würde. Er rüstet uns durch seinen Geist aus, damit wir es ertragen können. Wenn solche Tragödien passieren, werden wir daran erinnert, dass wir unsere Heimat und unsere Hoffnung im Himmel haben. Dort ist alles gerecht. Dort gibt es keine Tragödien, keinen Tod, keine Trennung und keine Traurigkeit.«

Teni atmete den Zederngeruch ein, der ihn immer umgab, und atmete dann langsam wieder aus. »Ich wünschte, wir könnten sofort in den Himmel kommen.«

»Ich auch. Das wünsche ich mir sehr oft. Aber noch bin ich hier, und das heißt, dass Gott noch etwas für mich zu tun hat. Dass ich mich weiterentwickeln soll, dass ich noch mehr Zeit habe, Jesus ähnlich zu werden und ihm zu dienen.«

»Glaubst du wirklich, dass *ich* Gott diene?«

»Unbedingt. Als Mitglied der Wasserschutzpolizei rettest du Leben und bringst Verbrecher hinter Gitter. Du bekämpfst das Böse. Ich bin absolut überzeugt, dass du Gott dienst. Und zwar nicht nur in deinem Beruf, sondern auch hier.«

»Hier?«

»Auf der Insel, weißt du. Du verwaltest Talbot wirklich vorbildlich. Du kümmerst dich darum, unsere Lebensart zu erhalten, sorgst aber gleichzeitig dafür, dass jeder sein Auskommen hat. Du kümmerst dich wirklich um diese Insel, um jeden, der hier lebt. Selbst um die Connors. Ich kann nicht begreifen, warum du ihnen nicht schon längst den Pachtvertrag gekündigt hast, wo dir Jared und seine Mutter so viele Probleme bereiten. Aber so etwas machst du einfach nicht. Du bist zu freundlich. Du lässt dir ihre Wut und ihre Drohungen gefallen, weil du weißt, dass diese Insel auch das Zuhause der Connors ist. Aber falls Jared hinter dem steckt, was gestern passiert ist, dann gehört er hinter Gitter. Und zwar schnell, denn wenn ich ihn zwischen die Finger bekomme ...« Sein Gesicht spannte sich an.

»Du hast gesagt, dass ich hier Gott diene?« Seine Bestätigung war Balsam für ihre erschöpfte Seele.

»Talbot ist unser Zuhause und Gott würde dir nie eine so große Verantwortung übertragen, wenn er nicht wüsste, dass du dich gut um seine Menschen auf der Insel kümmerst. Hier gibt es viele, die an Jesus glauben. Und auch viele, zu denen wir Jesu Liebe bringen sollen.«

So hatte sie es nie zuvor gesehen, aber was Callen sagte, machte Sinn. Hatte Gott sie für genau diese Rolle und diesen Ort ausgerüstet?

Callen steuerte seinen roten Geländewagen über das Kopfsteinpflaster der Straße, eine der wenigen auf der Insel, die befestigt war. Der Wald nahm den größten Teil der Insel ein und die Häuser standen zwischen dem Waldrand, dem Ufer und dem Sumpfgebiet. Bei gutem Wetter konnte man die meisten Ziele gut zu Fuß erreichen, aber die Connors wohnten auf der anderen Seite der Insel und es regnete noch immer in Strömen. Deshalb beschlossen Teni und Callen, mit dem Auto zu fahren. Die wenigen Inselbewohner, die überhaupt ein Auto besaßen, fuhren Autos mit Allradantrieb, aber vielen reichten Fahrräder oder Quads, um sich auf der kleinen Insel fortzubewegen.

Callen hielt in der Stadt an, damit sich Teni etwas zum Anziehen kaufen konnte, bevor sie zu den Connors weiterfuhren. Der Ort war eher ein Dorf als eine Stadt. Es gab zwei Restaurants - Milleys und Steves Grill -, außerdem gab es den Gemischtwarenladen der Familie Jones und Nancy und Bill Carters Waschsalon.

Dazu kamen die Touristenläden, die verschiedene einheimische Erzeugnisse der Insel im Schaufenster stehen hatten: selbst gemachte Inselrezepte, Gewürze, die auf Talbot wuchsen, und Handarbeiten. Die meisten dieser Läden schlossen am Ende der Touristensaison. Einige Handwerker übten ihren Beruf in einem Anbau neben ihrem Haus aus, wie Max Harpers Reparaturwerkstatt und Alices Schneiderei. Wenn man etwas brauchte, das es auf Talbot nicht gab, musste man aufs Festland fahren. Mit dem Boot dauerte es fast eine Stunde bis zur nächsten Stadt.

Teni wurde von einigen Leuten angesprochen, die ihr ihr Beileid wegen Julias Tod aussprachen und ihr Mitgefühl, weil ihr Haus bis auf die Grundmauern abgebrannt war. Aber ansonsten lief ihr Besuch im Laden schnell und wie geplant ab. Sie kaufte nur das Nötigste, das sie brauchen würde, bis sie nach Annapolis fahren und aus ihrer Wohnung mehr Sachen nach Talbot holen konnte. Aber wo würde sie auf der Insel wohnen, bis sie ein neues Haus gebaut hatte? Callen würde ihr sicherlich gern anbieten, bei ihm zu wohnen, aber da alles darauf hindeutete, dass sie wieder ein Paar waren, wäre das nicht angebracht. Sie könnte sich in der Frühstückspension einmieten, aber das ginge mit der Zeit auch ins Geld. Vielleicht war es auch möglich, dass sie bei ihrer Freundin Becky übernachtete, oder sie könnte beides kombinieren.

»Wie lange wird es wohl dauern, bis ich neu bauen kann?«, fragte sie Callen, während der Regen, der so heftig war, dass man zeitweise überhaupt nichts sehen konnte, auf ihren Regenmantel prasselte.

»Ich schätze, dass du spätestens in einem Monat mit dem Bauen anfangen kannst. Wenn alles gut geht, könnte der Rohbau vor dem Winter fertig sein. Aber einziehen kannst du frühestens im Frühling.«

Weihnachten hatte sie immer auf der Insel verbracht, im Haus ihrer Familie. Das würde in diesem Jahr nicht möglich sein. Noch etwas, das sie verloren hatte.

Nachdem sie die Tüten mit ihren Einkäufen auf den Rücksitz gelegt hatten, fuhren sie zum Grundstück der Connors weiter. Dort standen drei Häuser – das Haus der Eltern, Jareds Haus und das Haus seines Bruders Jacob und einige alte Außengebäude.

»Bereit?«, fragte Callen, als er den Gang einlegte, nachdem er das breite Tor zum Grundstück der Connors geöffnet hatte.

Sie nickte und betete, dass Gott sie für das, was vor ihr lag, ausrüsten würde.

Kapitel 13

Caesar, der Pitbull von Jared, kam ihnen entgegen, als sie vor seinem Haus vorfuhren.

»Na toll!« Teni verdrehte die Augen. »Das wird ja lustig.« Sie liebte Hunde - wirklich! Aber leider waren Jareds Hunde immer sehr aggressiv. Sie hatte mit Caesar schon einmal eine Begegnung im Wald gehabt. Danach hatte sie genäht werden müssen und hätte beinahe einen Knöchel verloren. Aufgrund der Gesetzeslage hätte sie das Recht gehabt, Jared anzuzeigen. Aber dann wäre der Hund eingeschläfert worden und das wollte sie nicht - sie wollte nur, dass er besser unter Kontrolle gehalten wurde. Deshalb hatte sie von einer Anzeige abgesehen. Natürlich hatte sich Jared dafür mit keinem Wort bedankt. Stattdessen hatte er ihr noch vorgeworfen, sie hätte seinen Hund »provoziert«.

»Warte einen Moment im Auto. Ich sorge dafür, dass Jared Caesar in den Zwinger sperrt.«

»Das ist nicht nötig.« Sie wollte Jared Connor auf keinen Fall den Eindruck vermitteln, sie hätte Angst. »Ich schaffe das schon.«

Teni atmete tief ein und betete um Schutz. Dann stieg sie gleichzeitig mit Callen aus dem Wagen.

Sofort raste Caesar auf sie zu. Er bellte und sprang an ihr hoch, aber sie ließ sich nicht einschüchtern und stellte sich darauf ein, den Hund, wenn nötig, mit einem kräftigen Stoß mit ihrem Knie abzuwehren.

»Ruhe, Caesar!«, rief Jared, der jetzt unter der überdachten Veranda hervortrat. Er trug eine abgetragene Jeans und ein schwarzes T-Shirt. »Ach, ihr seid es«, brummte er und nahm einen Schluck aus der Bierdose, die er in der Hand hielt.

Rasch warf Teni einen Blick auf ihre Uhr. Er trank schon am Vormittag Bier?

Jared wischte sich mit dem Handrücken den Schaum aus dem Gesicht und knurrte dann. »Was wollt ihr?«

Callen trat auf ihn zu. Sofort drehte sich Caesar zu ihm herum.

»Verschwinde!«, befahl Jared und augenblicklich zog Caesar den Schwanz ein und lief in den Wald, der an das Land der Connors grenzte. Jareds Haus stand am südöstlichen Rand des Grundstücks. »Also, was wollt ihr? Im Fernsehen läuft gerade ein Basketballspiel der Terps.«

»Wir müssen dir einige Fragen stellen.«

Lauernd schob Jared das Kinn vor. »Was für Fragen?«

In diesem Moment rollte Marybeths moosgrüner VW-Kombi auf das Haus zu.

Das hatte ihnen gerade noch gefehlt! Ihre Anwesenheit würde dieses Gespräch bestimmt nicht einfacher machen.

»Was machen die hier?«, fragte Marybeth und zog ihren schwarzen Regenmantel enger um sich. Jetzt kam auch Jacob auf seinem Quad angefahren.

Na, wunderbar! Nun war die ganze Familie versammelt. Nur einer fehlt, Darren, der Einzige aus der Familie Connor, den Teni wirklich mochte. Sie erinnerte sich, wie er ihr sein Mitgefühl ausgesprochen hatte, als sie ihn an der Tür des Gemischtwarenladens getroffen hatten. Als sie mit ihren Einkäufen fertig gewesen waren, hatte er den Laden gerade betreten. Wahrscheinlich war er also immer noch dort. Wenn er hier wäre, würde das ihre Befragung deutlich leichter machen.

»Was ist los?«, fragte Jacob jetzt seinen Bruder mit angriffslustig vorgeschobenem Kinn und trat zu ihm auf die Veranda.

»Die Polizei hat einige Fragen«, erklärte Jared abfällig.

Jacob steckte die Daumen in den Bund seiner Jeans. »Ach, wirklich?«

Jared nickte. Marybeth – die Teni und Callen mit finsteren Blicken bedachte – ging zum Haus und baute sich neben ihren Söhnen auf der Veranda auf.

Callen bedeutete Teni, auch auf die Veranda zu gehen, um vor dem Regen geschützt zu sein. Sie kam seiner Aufforderung nach, ohne sich von den finsteren Blicken der Connors einschüchtern zu lassen.

Es tat gut, unter dem Dach der Veranda zu stehen. Inzwischen regnete es so heftig, dass sie fast das Gefühl hatte, stumpfe kleine Nadeln würden sich in ihre Haut bohren.

Jared nahm einen weiteren Schluck aus seiner Bierdose. »Bringen wir es hinter uns, damit wir wieder zurück zum Spiel kommen.«

Jacob hatte einen Zwölferpack Bier auf die Veranda gebracht und stellte die Flaschen jetzt auf den Blechtisch, bevor er sich neben seinem Bruder aufbaute. Marybeth stellte einen Kochtopf und eine Tüte mit Brötchen zu den Getränken auf den Tisch. Offenbar waren die beiden gekommen, um gemeinsam das Sportereignis zu genießen.

Da er Jared nicht formell verhaftete, brauchte Callen ihm eigentlich nicht seine Rechte vorzulesen, aber Teni vermutete, dass er es tat, damit man ihm später keine Verfahrensfehler vorwerfen könnte, und weil er lieber auf Nummer sicher gehen wollte. Dann fragte er: »Wo warst du gestern Abend zwischen 21 Uhr und Mitternacht?«

»Du brauchst seine Fragen nicht zu beantworten«, mischte sich Jacob ein. »Er hat schließlich selbst gesagt, dass alles, was du sagst, gegen dich verwendet werden kann.«

»Du kannst die Fragen jetzt beantworten und die Sache damit hinter dich bringen oder wir fahren dich zur nächsten Polizeiwache auf dem Festland, sobald dieser Sturm vorbei ist. Du hast die Wahl.«

Knurrend atmete Jared aus. »Ich war bei meiner Mutter. Wir haben uns einen Film angesehen.«

Er hatte sich am Samstagabend mit seiner Mutter einen Film angesehen? Jared wirkte eigentlich nicht wie der Typ, der den Abend lieber mit seiner Mutter verbrachte als mit seinem Bruder oder mit Freunden und viel Bier. Man erzählte sich auf der Insel, dass sie oft zusammen pokerten und um sonderbare Dinge spielten – um Angelköder, verrückte nächtliche Mutproben und noch einiges mehr.

»Das ist richtig«, bestätigte Marybeth seine Worte prompt. »Er war bei uns.«

»Bis Mitternacht?«

»Ja. Wir haben mit dem Film ziemlich spät angefangen. Erst nach dem Abendessen.«

»Welchen Film haben Sie sich denn angesehen?«

»Dunkirk«, antwortete Marybeth schnippisch. »Wir haben ihn uns geholt, als der Preis nicht mehr so hoch war.«

»Was sagst du zu dem Film, Jared?«, fragte Callen.

Jared zuckte mit den Achseln. »Er war ganz gut.«

»Hat dir eine Stelle besonders gut gefallen?«, fragte Teni.

»Nein.« Wieder nahm er einen Schluck Bier.

Das fing ja gut an. Als sie zwanzig Minuten später die Befragung beendeten, hatten sie nicht viel in Erfahrung gebracht. Da Marybeth und sogar Jacob Jareds Alibi bestätigten, waren ihr und Callen die Hände gebunden. Es sei denn ...

»Halt mal bitte kurz an«, bat sie Callen, als ihnen der Geländewagen von Darren entgegenkam.

Mit einem Lächeln kam Callen ihrer Aufforderung nach.

Teni sprang aus dem Wagen. Der Wind war inzwischen so stark, dass sie fast befürchtete, er könnte ihre Füße vom Boden hochheben. Inzwischen musste er eine Geschwindigkeit von über 100 Stundenkilometern haben. Laut Wetterbericht würde dieser Sturm heute am späten Abend seinen Höhepunkt erreichen und bis in die frühen Morgenstunden hinein weiterwüten.

Mit einer Handbewegung forderte Teni Darren Connor auf, stehen zu bleiben. Er brachte seinen alten orangefarbenen Chevy-Pick-up neben Callens Geländewagen zum Stehen.

»Was machen Sie beide denn hier draußen?«

Teni legte sich die Hand wie einen Schutzschild über die Augen und hielt damit gleichzeitig die Kapuze ihres Regenmantels fest. »Wir mussten mit Jared und Ihrer Frau sprechen. Aber ich wollte Ihnen auch noch eine kurze Frage stellen.«

»Oh ... okay?«

»Was haben Sie und Ihre Frau gestern Abend gemacht?«

»Wir haben mit den Jungs gegessen und uns danach einen Film angesehen.«

»Was für ein Film war das?«

»*Dunkirk*. Er ist wirklich gut. Haben Sie ihn schon gesehen?«

»Ja. Ein ganz wunderbarer Film.« Sie drehte sich

ein wenig, um besser sehen zu können und um den kräftigen Wind im Rücken zu haben. »Und Ihre Söhne haben sich den Film mit angesehen?«

»Ja.«

Teni wurde es schwer ums Herz. Wenn Jared nicht der Mann war, der versucht hatte, sie zu töten, wer war es dann gewesen? Konnte es tatsächlich Alex gewesen sein, wie Callen angedeutet hatte?

»Aber Jared hat sich nicht gut gefühlt. Deshalb ist er ungefähr nach der Hälfte des Films nach Hause gegangen.«

Ach, tatsächlich? Dieses kleine Detail hatten Jared und Marybeth eben ganz vergessen zu erwähnen.

»Jared hat uns also angelogen«, sagte Teni, während sie das Grundstück der Connors verließen. »Glaubst du, das reicht, um einen Durchsuchungsbeschluss für sein Haus zu erwirken? Um Julias Leiche auf dem Grundstück zu suchen – oder Beweise, dass er sie mitgenommen hat?«

»Ich denke schon. Ruf am besten deine Vorgesetzten an und frag sie, was du in der Sache mit Julia unternehmen kannst. Ich mache für den Brand das Gleiche. Aber da die Telefonleitungen lahmgelegt sind …«

»Na, großartig! Uns sind die Hände gebunden, bis der Sturm vorbei ist und die Leitungen wieder funktionieren oder die Gerichtsmedizinerin, die wir angefordert haben, kommen kann.« Frustriert schüttelte Teni den Kopf. »Das dauert alles viel zu lange! Jared ist wahrscheinlich bewusst, dass wir ihm auf der Spur sind. Falls er Julias Leiche irgendwo versteckt hat, wird er sie jetzt schnell entsorgen.«

»Er weiß, dass wir ihn beobachten. Daher glaube ich nicht, dass er jetzt etwas unternimmt. Wenn er es täte, müsste er schon ein großer Idiot sein. Ich bin mir nur nicht sicher ...«

Teni legte den Kopf schief und sah Callen gespannt an.

»Wir wissen beide, dass Jared nicht gerade der Hellste ist, und ...«

»Und was?«

»Ich weiß einfach nicht, ob er schlau genug ist, um das alles zu inszenieren. Bei Jacob ist das etwas anderes, aber er hat dich auch nicht bedroht.«

»Und wenn sie zusammenarbeiten?«

Angespannt sog Callen die Luft ein. »Das ist eine Möglichkeit. Aber zuerst sollten wir uns vergewissern, dass Lenny tatsächlich nicht mit deinem Ex auf die Insel zurückgefahren ist. Danach überlegen wir weiter.«

»Du glaubst trotz der Drohungen von Jared und Marybeth immer noch, dass es Alex gewesen sein könnte?«

»Du hast mir erzählt, wie sehr er wollte, dass du Talbot verkaufst. Wenn er dich geheiratet hätte und du Talbot verkauft hättest, hätte er für den Rest seines Lebens ausgesorgt gehabt.«

»Und deshalb soll er aus Rache versucht haben, mich zu töten?« Und selbst wenn das stimmte ... »Aber warum Julia?«

»Wahrscheinlich hat er sie mit dir verwechselt. Ihr seht euch so ähnlich, besonders im Wasser, und du kommst normalerweise immer als Erste bei der Boje an.«

»Ich wusste es.« Tenis Augen füllten sich mit Tränen. »Es ist meine Schuld, dass sie tot ist.«

»Nein! Das ist nicht deine Schuld! Es ist die Schuld des Mannes, der Julia getötet hat. Nicht deine.«

»Aber wenn ich fitter gewesen wäre, würde Julia noch leben.«

»So darfst du nicht denken. Du hast sie doch nicht getötet. Der Kerl, der hinter dieser ganzen Sache steckt, hat sie getötet. Egal, ob es Jared oder Alex oder jemand anders war. Dieser Mensch hat sie auf dem Gewissen. Nicht du.«

Sie nickte, aber in ihrem Herzen wusste sie, dass

Julia wahrscheinlich noch am Leben wäre, wenn sie sich mehr angestrengt hätte und schneller geschwommen wäre. Wie sollte sie diese Schuldgefühle je loswerden? Aber andererseits hatte Callen recht. Nicht sie hatte Julia getötet, sondern ihr Mörder. Und bis jetzt basierten ihre Überlegungen ja auch nur auf Vermutungen. Wirklich sicher konnte sie nicht sein, dass der Täter es eigentlich von vornherein auf sie abgesehen hatte.

Sie sah durch das Fenster auf den prasselnden Regen und die Windböen. nachdenklich schloss sie die Augen und betete.

Vater, du weißt, wer Julia getötet hat und warum dieser Mensch versucht, auch mich zu töten. Bitte schenke uns Klarheit. Hilf uns herauszufinden, wer es ist, und ihn hinter Gitter zu bringen. Und hilf mir, mit diesen erdrückenden Schuldgefühlen fertigzuwerden, die ich wegen Julias Tod habe. Bitte führe Callen und mich durch das, was die nächsten Tage bringen werden. Beschütze uns in diesem Sturm.

Es erschien ihr irgendwie passend, dass parallel zu dem heftigen Sturm, der in ihrem Inneren tobte, auch draußen ein Orkan wütete.

Als sie zu Lennys Haus fuhren und sein Boot sahen, das am Pier fest verankert war, bewegte sich Teni unbehaglich auf dem Beifahrersitz. Alex *hatte* sie angelogen. Die Rückschlüsse, die sich daraus ergaben, schnürten ihr die Kehle zu.

Kapitel 14

Callen blickte zu ihr herüber, während er den Geländewagen zum Stehen brachte, den Schalthebel auf Parken stellte und zusätzlich die Handbremse anzog. Ohne ein Wort zu sagen, stieg er aus und kam um das Auto herum, um ihr die Tür zu öffnen. Es hatte keinen Sinn, einen Schirm aufzuspannen. Bei diesem starken Wind wäre das nur hinderlich.

Er schob ihren Arm unter seinen. Dann kämpften sie sich gemeinsam gegen den Wind zu Lennys Haustür vor.

Callen klopfte, und als ihnen Lenny öffnete, wollte Tenis Herz stehen bleiben. Alex hatte sie tatsächlich angelogen.

»Hallo, Lenny. Können wir reinkommen?«, fragte Callen.

»Natürlich.« Der Angesprochene machte einen Schritt zur Seite. »Lasst euch von dem Chaos bitte nicht stören.«

Lennys Haus verriet eindeutig, dass er Junggeselle war und nicht allzu viel Wert auf Ordnung legte. Zeitschriften und alte Getränkedosen lagen im Wohnzimmer verstreut herum, Sweatshirts und Jacken waren auf dem Sofa und anderen Möbelteilen verteilt.

»Was gibt's?«, fragte Lenny.

»Hast du Alex gestern nach Annapolis gebracht?«, fragte Teni mit hämmerndem Herzen.

»Ja.«

»Und danach?«, fragte Callen.

»Danach bin ich zurückgefahren. Ich hatte kurz mit dem Gedanken gespielt, in Annapolis vor Anker zu gehen, aber da der Sturm noch nicht richtig losgelegt hatte, habe ich beschlossen, dass ich das Wochenende doch lieber zu Hause verbringe als auf dem Festland.«

»Ist Alex mit dir zurückgekommen?«, fragte Callen. Teni hielt den Atem an und versuchte, sich für das zu wappnen, was Lennys Antwort bedeuten konnte.

»Nein. Alex war froh, dass er wieder in Annapolis war. Er war kein großer Fan von Talbot. Am liebsten hätte er die Insel verkauft. Ich konnte gar nicht glauben, dass er mir das erzählt hat. So ein unsensibler Klotz!«

»Bitte etwas genauer«, bat Teni, in der sich ein großer Ärger auf Alex regte. Wie hatte er nur so unsensibel sein können, jemandem, dessen Zuhause die Insel war, zu erzählen, dass er Teni hatte überreden wollen, die Insel zu verkaufen? »Er hat dir hoffentlich gesagt, dass ich mich gegen den Verkauf geweigert habe, oder?«

»Ja, hat er. Hat gemeint, dass es ziemlich dumm von dir wäre, das nicht zu tun. Dass du kurzsichtig wärst.« Lenny ging in die Küche und holte eine Cola aus dem Kühlschrank. »Wollt ihr auch eine?«

»Danke, gern«, antwortete Callen.

»Ich auch. Danke«, schob Teni nach.

»Du sagst also, dass Alex nicht nach Talbot zurückgekommen ist?«, fragte Callen.

»Nicht, dass ich wüsste. Ich habe ihn mit seinem Koffer im Hafen abgesetzt und habe mir nur schnell etwas zu essen geholt, bevor ich zurückgefahren bin.«

»Danke, Lenny«, sagte Teni.

Lenny sah sie mit seinen blauen Augen misstrauisch an. »Warum wollt ihr das eigentlich wissen?«

Callen erklärte ihm das Allernötigste.

»Puh! Das ist wirklich verrückt, Mann.« Lenny schaute Teni an. »Das mit Julia tut mir sehr leid.«

»Danke.«

Sie verabschiedeten sich und gingen dann schnell zu Callens Geländewagen zurück. Als sie im Schutz des Wagens saßen, drehte sich Callen ihr zu. »Wir wissen also, dass Lenny Alex nicht mit nach Talbot zurückgenommen hat. Da Lenny mit dem Gedanken gespielt hat, auf dem Festland zu bleiben, wusste Alex vielleicht nicht, dass er beschlossen hat, trotzdem gleich auf die Insel zurückzufahren. Vielleicht hat er dich also gar nicht angelogen.«

»Er hat gesagt, dass Lenny sein Boot im Hafen verankert hätte und sich die Zeit mit Freunden vertreiben würde. Vielleicht hat er das auch nur vermutet. Schließlich hatte Lenny gesagt, er überlege, in Annapolis zu bleiben. Aber es klang so, als wüsste er mit Bestimmtheit, dass Lenny bei Freunden auf dem Festland war. Ich weiß gar nicht, was ich denken soll.«

»Ich schlage jedenfalls vor, dass wir in mein Haus zurückfahren und dort warten, bis der Sturm vorbei ist. Er wird immer stärker. Und ich fürchte, wir können nichts unternehmen, solange die Telefonleitungen lahmgelegt sind und wir den Haftbefehl nicht bekommen können.«

Na großartig! Sie mussten herumsitzen und Däumchen drehen, während Jared mit Julias Leiche anstellen konnte, was er wollte. Sie konnte inzwischen irgendwo vergraben oder im Meer versenkt worden sein. Der Gedanke, dass ihre geliebte Cousine kein richtiges Begräbnis bekommen würde, belastete Teni sehr.

Sie beide wussten, dass sie warten müssten, bis das Telefon wieder funktionierte. Dadurch verging die Zeit einerseits langsam und zäh. Andererseits aber rasten die Stunden dahin. Da Callen und sie nun endlich wieder zusammen waren, versuchten sie, die verlorene Zeit nachzuholen, und ehe sie sich versahen, war es Mitternacht und Teni ging ins Gästezimmer hinauf.

Gerade war sie unter ihre Bettdecke geschlüpft, als Callens Außenlicht, das mit einem Bewegungsmelder verbunden war, anging. Das grelle Licht drang durch die geschlossenen Innenjalousien. Teni trat ans Fenster, zog die schweren dunkelgrünen Läden zurück und suchte das Gelände ab, als ein Blitz über den schwarzen, verregneten Himmel zuckte und den Waldrand beleuchtete. Und einen fliehenden Mann!

Tenis Brustkorb zog sich zusammen und sie schluckte schwer. Er war also wieder da.

Der Blitz schlug in einen Baum ein und spaltete

den majestätischen, zwölf Meter hohen schwarzen Walnussbaum.

Ein Donner erschütterte die Erde und Funken schossen von dem Baum in die Höhe. Brennende Holzteile regneten wie Asche vom Himmel.

Tenis Augen suchten das Gelände ab. Da entdeckte sie den Unbekannten erneut, wie er tiefer in den Wald hineinrannte.

Sie rief nach Callen, sprintete aus ihrem Zimmer und prallte auf dem dunklen Flur mit ihm zusammen.

»Ich hab ihn gesehen!«, platzte sie keuchend heraus.

»Wie bitte?« Seine Stimme war schlaftrunken.

»Ich habe draußen wieder einen Mann gesehen.«

»Du wartest hier! Ich schaue nach.« Callen schaltete das Licht in seinem Zimmer an, schnallte sich den Revolvergürtel um und nahm ein Funkgerät zur Hand.

»Ich bleibe ganz bestimmt nicht hier«, sagte sie und eilte ins Gästezimmer zurück. Dort nahm sie mit ihrer immer noch verbundenen Hand ihren eigenen Revolver. Da sie ihren Revolvergurt nicht hatte, behielt sie die Waffe in der Hand.

Schließlich trat Teni wieder auf den Flur hinaus und wäre beinahe zum zweiten Mal mit Callen zusammengestoßen.

»*Bitte* bleib hier!«, bat er mit unüberhörbarer Verzweiflung in der Stimme, während Sorgenfalten über seine Stirn zogen. »Ich will nicht, dass dir etwas zustößt.«

»Danke, das ist nett von dir.« Seine Sorge war echt und tat ihr gut. »Aber ich komme trotzdem mit.« Sie gehörte nicht zu den Frauen, die herumsaßen und Däumchen drehten. »Ich werde vorsichtig sein.« Zumindest würde sie es versuchen.

Zweifelnd zog Callen eine Augenbraue hoch. »Tennyson Marlena Kent, du warst in deinem ganzen Leben noch nie vorsichtig.«

Damit hatte er recht. Meistens ließ sie sich von ihren Instinkten leiten. Bis jetzt hatte ihr das immer geholfen, wenigstens in ihrem Beruf als Polizistin. »Wir sollten uns beeilen. Sonst verlieren wir nur wertvolle Zeit«, sagte Teni jetzt. Sie eilte die Stufen hinab und schlüpfte in ihren Mantel und die Stiefel. Dann nahm sie ihre durch die Explosion verkratzte und verbeulte, aber immer noch funktionierende Taschenlampe und stürmte zur Tür hinaus, bevor Callen Zeit hatte, ihr zu widersprechen.

Schnell lief er ihr nach, holte sie bald ein und wich nicht von ihrer Seite. »Wo hast du ihn gesehen?«, wollte er wissen.

»An der Stelle, an der zwischen den Bäumen eine Lücke ist. Dort.« Sie deutete dorthin. »Als ich am

Fenster stand und der Blitz in den Baum einschlug, ist er in diese Richtung gelaufen.«

»Gut, dann laufen wir in diese Richtung. Aber bleib du bitte bei mir.«

»Wenn wir uns aufteilen, können wir eine größere Fläche abdecken.«

»Vergiss es, Sonnenschein.«

So hatte er sie seit zehn Jahren nicht mehr genannt.

Wenn es um ihre Sicherheit ging, konnte er geradezu lächerlich besorgt sein. »Du bist so dickköpfig«, schrie sie über das Brausen des Sturmes hinweg.

»Dickköpfig?« Er lächelte. »Das sagst ausgerechnet du!« Das Heulen von Sams Feuerwehrsirene ertönte schwach in der Ferne und wurde immer lauter, je näher das Fahrzeug kam.

»Ich habe Sam über das Funkgerät alarmiert, das wir benutzen, wenn die Telefonleitungen ausfallen«, sagte Callen.

Teni betete, dass die Sirene den Eindringling nicht verscheuchen würde, bevor sie ihn erwischen konnten. Aber es war die richtige Entscheidung gewesen. Auch wenn der brennende Baum im Vergleich zu dem Großbrand, der ihr Haus zerstört hatte, ein kleines Feuer war, musste es schnell gelöscht werden, um zu verhindern, dass es sich trotz des Regens ausbreitete.

Gemeinsam liefen sie in den Wald hinein. Der Boden war vom vielen Regen aufgeweicht und der Matsch blieb bei jedem Schritt an ihren Stiefeln kleben, sodass sie immer schwerer wurden, während sie in die Richtung eilten, in die der Mann geflohen war. Der Lichtstrahl ihrer Taschenlampen breitete sich kegelförmig aus und beleuchtete die nächsten Meter, verwandelte sich aber dahinter in ein diffuses Halbdunkel.

»Warte!«, rief Callen und hielt sie mit seinem starken Arm fest.

»Was ist?«, rief sie zurück.

Er richtete seinen Lichtstrahl auf den matschigen Fußabdruck in dem feuchten, aber durch die dichten Blätter geschützten Teil des Waldes.

»Ich tippe auf Schuhgröße 43«, stellte Callen fest und hielt die Sohle seines Stiefels in Größe 45 über den Abdruck. Der Abdruck war höchstens zwei Zentimeter kürzer.

Teni leuchtete in die Richtung, in die die Abdrücke verliefen. »Jetzt wissen wir, in welche Richtung er geflohen ist.«

Callen trat vorsichtig um die Abdrücke herum und schnitzte schnell ein Zeichen in den Baum, damit sie später zurückkommen und die Abdrücke genauer untersuchen konnten. Da es auf Talbot kein Mobilfunknetz gab, machte sich niemand die Mühe, sein Handy mitzunehmen. Deshalb konnten sie kein Foto machen, sondern mussten erst zurück ins Haus und Callens Kamera holen. Doch auf keinen Fall würden sie jetzt die Verfolgung unterbrechen, um Beweise zu sichern. Die Verfolgung des Täters hatte immer Vorrang.

Sie folgten den Stiefelspuren, bis sie aus dem schützenden Blätterdach hinaustraten. Ab hier verwandelten sich die Fußabdrücke in matschige Pfützen, die der wolkenbruchartige Regen auf dem aufgeweichten Boden bildete.

Anders wäre es ja auch zu schön gewesen!

Links von ihnen knackte plötzlich etwas.

Sie richteten ihre Taschenlampen in die Richtung, aus der das Geräusch gekommen war. Für einen kurzen Moment landete der Lichtstrahl auf einem Mann, der schwarz gekleidet war und eine schwarze Skimaske über den Kopf gezogen hatte.

»Da!«, rief Teni und rannte los, da der Unbekannte schnell aus dem Lichtkegel ihrer Taschenlampe verschwand.

»Teni, warte!«, schrie Callen. »Wir sind in der Nähe des unterirdischen Höhlensystems. Bei diesem Regen ...«

Seine Warnung kam eine Sekunde zu spät. Der Boden gab unter ihr nach und riss sie unaufhaltsam in die glitschige Tiefe. Zweige bohrten sich in ihre Haut, als sie durch die schlammige Öffnung in der Erde fiel. Zweifellos war das Loch durch die sintflutartigen Regenfälle entstanden. Teni war so darauf fixiert gewesen, den Mann zu erwischen, dass sie darauf gar nicht geachtet hatte. Der Boden unter ihr war kalt und glitschig.

Sie hob den Kopf und nickte. »Ja.« Ihre Unbedachtheit war ihr peinlich und sie ärgerte sich sehr, dass der Kerl, der vor Callens Haus gewesen war, jetzt ungeschoren davonkommen konnte.

»Ich hol dich da raus«, sagte Callen.

»Nein.« Sie schüttelte den Kopf und stützte sich auf ihre Ellbogen. »Du darfst ihn nicht entkommen lassen.«

»Teni? Das kann nicht dein Ernst sein. Ich lasse dich nicht da unten sitzen.«

»Bitte! Er entkommt sonst. Mir passiert schon nichts.«

»Teni …«

»Bitte!«

»Also gut. Aber bleib hier«, bat Callen sie.

Wohin hätte sie denn gehen sollen?

Callens Schritte entfernten sich und er kämpfte sich weiter durch den schlammigen Matsch.

Teni rappelte sich auf und schaute sich in der Höhle um.

Der starke Regen verwandelte die Lehmwände in glitschigen Matsch, aber auf der anderen Seite ragten Baumwurzeln in die Höhle hinein und dicke Zweige hingen nach unten.

Kurzentschlossen schob sie einen Zweig nach dem anderen an die Höhlenwand und baute sich daraus eine Art Kletterwand. Sie rutschte zwar einige Male wieder nach unten, aber schließlich krabbelte sie auf allen vieren über die Kante und war wieder auf der Erdoberfläche.

»Ich hätte wissen müssen, dass du einen Ausweg findest«, knurrte eine Männerstimme hinter ihr. Diese Stimme kannte sie irgendwoher, obwohl der Mann offensichtlich versuchte, sie zu verstellen.

Nein, das kann nicht sein!

Sie schluckte schwer und versuchte, sich umzudrehen und den Mann anzuschauen, aber er packte sie schnell von hinten, legte seinen Arm brutal um ihren Hals und versuchte, ihr die Luft abzudrücken. Während sie nach Luft rang und zappelte, um sich aus seinem eisernen Griff zu befreien, riss er ihr den Revolver mit einer schnellen Bewegung aus ihrer bandagierten Hand. Das tat weh.

»Endlich seid ihr zwei getrennt. Diese Gelegenheit

werde ich mir nicht entgehen lassen.« Als sie seinen heißen Atem im Nacken spürte, bekam sie eine Gänsehaut am Rücken.

Plötzlich bohrte sich seine Armbeuge in ihren Hals. So fest und gewaltsam, dass er ihr fast die Luftröhre abquetschte.

Konzentriere dich bitte, Teni. Sie nahm ihre ganze Kraft zusammen und stieß ihren Ellbogen kräftig in seine Magengrube. Als er sich vor Schmerz krümmte, trat sie ihm mit voller Wucht auf die Füße. In seinem Schmerz lockerte er seinen Griff. Diese Gelegenheit nutzte Teni. Schnell drehte sie sich um und stieß mit der ganzen Kraft, die sie aufbringen konnte, ihren Handballen von unten gegen seine Nase. Ein lautes Knacken ertönte: Jetzt hatte sie ihm die Nase gebrochen.

»Teni!«, rief Callen. Seine Stimme klang, als wäre er hundert Meter weit entfernt.

»Das zahle ich dir heim«, knurrte der Mann, der sich jetzt wieder aufrappelte und einen Satz in Richtung des Revolvers machte, der ihm bei ihrem überraschenden Angriff aus der Hand gefallen war.

Teni entdeckte den Revolver auf dem Boden, als ein Blitz für einen Moment den Himmel erhellte, und stürzte sich darauf. Verzweifelt kämpfte sie mit ihrem Angreifer um die Waffe.

Es gelang ihr, seine Skimaske zu fassen und sie ihm vom Kopf zu reißen. Im selben Moment ging der Schuss los.

»Nein!«, schrie Callen, der näher war, als sie vermutet hatte.

Teni taumelte nach hinten. Die Kugel hatte sie an der Schulter getroffen. Augenblicklich wurde ihr ganz heiß. »William?« Das Erstaunen ließ sie nach Luft schnappen. Ihr *eigener Cousin* versuchte, sie umzubringen? Sie wusste nicht einmal, dass er auf der Insel war. Warum tat er so was?

William rappelte sich auf die Beine und stürmte in der Dunkelheit davon, als Callen näher kam.

»In diese Richtung!«, schrie sie. »William ist in diese Richtung gelaufen.«

Callen war ebenso schockiert wie sie. »William? Dein Cousin?«

Sie nickte. Dann verzog sie vor Schmerz das Gesicht und ihre Augenlider wurden schwer.

Sein besorgtes Gesicht spannte sich an. »Ist mit dir alles okay?«

»Ja. Er hat nur …« Doch bevor sie ihren Satz beenden konnte, wurde alles um sie herum schwarz.

Kapitel 15

Als Teni erwachte, schien über ihr ein helles Licht. Sie lag auf einem Tisch oder irgendeiner anderen harten Oberfläche.

Paul und Callen standen neben ihr und schauten sie besorgt an.

»Sie ist aufgewacht«, stellte Paul fest.

Paul? Was machte er hier? Und wo war sie überhaupt?

Heftige Schmerzen schossen ihr durch die rechte Schulter, als sie sich aufsetzen wollte, und zogen sich durch ihren Arm bis in die Fingerspitzen.

Schnell beugte sich Callen zu ihr vor. »Langsam, Sonnenschein. Du bist schwer getroffen worden.«

»Soll das heißen, dass das alles wirklich passiert ist?« Ihr Cousin William hatte auf sie geschossen? *Er* war der Mann, der versuchte, sie zu töten? Hatte er auch Julia getötet und dann ihre Leiche gestohlen?

»Leider ja«, nickte Callen.

»Aber ... warum?« Was hatte sie William getan, dass er sie und Julia töten wollte?

Paul räusperte sich und trat zur Tür.

Teni sah sich um. Sie war in Pauls Küche. Schon seit Jahren war sie nicht mehr hier gewesen, aber sie erkannte die Tapete mit dem Muschelmuster sofort.

»Ich lasse euch zwei ein wenig allein«, sagte er. »Ruft, wenn ihr etwas braucht. Und Teni ...« Ein tiefer Ernst lag in seiner Miene und im Ton seiner Stimme. »Du solltest auf Callen hören und dich schonen. Die Kugel hat deine Hauptschlagader nur denkbar knapp verfehlt.« Er hielt seinen Daumen und Zeigefinger mit nur sehr wenig Zwischenraum hoch.

»Du hast die Kugel herausgeschnitten?« Ihr Blick wanderte von dem Sanitäter zu ihrer verbundenen Schulter.

»Mein Hund wurde erst vor Kurzem von einem Jäger angeschossen. Da musste ich die Kugel auch rausschneiden. Sonst wäre Oberon gestorben.«

»Und?«

»Oberon hat überlebt und es geht ihm wieder bestens. Er liegt auf meinem Bett und schnarcht. Mach dir also keine Sorgen. Bei der Ausbildung zum Sanitäter und Krankenpfleger lernt man sehr viel.« Er tippte mit seinen langen, schlanken Fingern an den weißen Türrahmen. »Falls ihr mich braucht: Ich bin oben. Wie schon gesagt, ruft einfach. Ach …« Er blieb noch einmal stehen. »Ich habe dir eine starke Dosis Schmerzmittel gegeben. Die Wirkung dürfte bald einsetzen. Ich geb dir auch Schmerztabletten mit nach Hause.«

»Okay. Danke«, antwortete Teni, obwohl sie immer noch das Gefühl hatte, sie würde das alles nur träumen.

Callen trat näher, baute sich an ihrer linken Seite auf und legte sanft eine Hand auf ihre Schulter, während Paul die Treppe hochging.

»Ich hatte entsetzliche Angst um dich«, sagte er und legte die Hand sanft an ihr Gesicht. Seine Handfläche war warm und gab ihr Halt. Zitternd atmete er aus und schaute ihr tief in die Augen. »Ich hatte Angst, dass ich dir nie sagen könnte, dass ich dich liebe.« Er schluckte. »Ich habe dich schon immer geliebt. Und ich werde dich immer lieben.«

Teni schluckte. Trotz ihrer Schmerzen hätte sie vor Freude jubeln können. Die Leere, die sie seit der Trennung von ihm gefühlt hatte, verschwand und ihr Herz überschlug sich fast. »Ich liebe dich auch.« Sie holte kurz Luft, doch im nächsten Moment legten sich seine Lippen auf ihren Mund und er küsste sie zärtlich.

»Was ist?« Er hielt plötzlich inne und streichelte ihre Wange.

Stockend atmete sie aus. Jede Faser in ihr forderte sie auf: *Halte diesen Moment fest!* Aber sie mussten einen Mörder fassen. »William«, brachte sie über die Lippen und war überrascht, dass sie nach diesem wundervollen Kuss sprechen und klar denken konnte.

Niemals wäre sie auf den Gedanken gekommen, dass ein Familienangehöriger ihr nach dem Leben trachtete. Ein Angehöriger, mit dem sie an Feiertagen viel Zeit verbracht hatte. Als Kind hatte sie mit ihm gespielt und bei Familientreffen oft auf ihn aufgepasst, da sie fünf Jahre älter war als er.

Offenbar hatte das alles für ihn keine Bedeutung.

Warum nur versuchte er, sie zu töten? Und höchstwahrscheinlich hatte er auch Julia auf dem Gewissen. Was war mit ihm los?

»Ich habe Sam angefunkt und ihn gebeten, den ehrenamtlichen Such- und Rettungstrupp von Talbot zusammenzurufen«, sagte Callen. »Wir müssen William finden.«

»Und das, bevor der Nordoststurm vorbei ist. Sonst verschwindet William von der Insel und wir finden ihn vielleicht nie.« Langsam rutschte Teni von Pauls

Küchentisch, den er zum Operationstisch umfunktioniert hatte. Diese Bewegung verstärkte die Schmerzen noch, die in ihrer Schulter pochten.

»Ganz ruhig, Sonnenschein.«

Sie liebte es, wenn Callen sie bei diesem Spitznamen rief.

»Ich kann nicht glauben, dass William Julia getötet hat und noch immer versucht, mich zu töten. Was will er denn? Eine Insel, die ihn nie interessiert hat?«

»Du hattest gesagt, dass er der Nächste in der Erbfolge ist.«

»Ja, das stimmt, aber er hat sich doch nie für Talbot interessiert. Warum also jetzt auf einmal?«

»Vielleicht meint er, die Insel stünde ihm zu. Wer weiß, vielleicht hat er das schon lange geplant. Vielleicht braucht er aber auch einfach nur Geld und will die Insel verkaufen.«

»Genauso wie Alex sie verkaufen wollte ...«

Callens dunkle Augenbrauen zogen sich fragend zusammen, als sie nicht weitersprach. »Was ist?«

»Alex und William haben sich bei der Verlobungsfeier auf Anhieb sehr gut verstanden.«

Jetzt zog Callen eine Augenbraue hoch. »Bei der Feier, bei der dir Alex einen Bauunternehmer vorgestellt hat, der sich für die Insel interessierte?«

»Ja.« Teni kniff die Augen zusammen und dachte

zweifellos das Gleiche wie er. »Du überlegst, ob Alex William erzählt hat, dass er Talbot an einen Bauunternehmer verkaufen könnte?«

»Dieser Gedanke kam mir gerade.«

»Du denkst, sie könnten das *gemeinsam* geplant haben?« Es war ein schrecklicher Gedanke: Hatten ihr Cousin und ihr damaliger Verlobter Tenis Tod geplant? Dieser Gedanke war schrecklich, aber unter den gegebenen Umständen nicht vollkommen abwegig.

William verdiente sein Geld mit Finanztransaktionen. Genau wie Alex. Keiner der beiden hatte einen Blick für die Schönheit von Talbot oder schätzte das Erbe ihrer Familie.

Dass Alex keinen Bezug zur Insel hatte, konnte sie noch nachvollziehen. Williams ablehnende Haltung dagegen hatte sie noch nie verstanden. Es war die Insel *ihrer und seiner* Familie. Und sie hatte auch keinen Einfluss darauf, auf wen die Eigentumsrechte an der Insel übergingen. Einer ihrer Vorfahren hatte das einfach so festgelegt.

Wollte William die Insel, die ihn scheinbar überhaupt nicht interessierte, insgeheim so sehr, dass er sogar bereit war, dafür einen Mord zu begehen? Oder hatte Callen mit seiner Vermutung recht? Passierte das alles nur, weil William und Alex sich zusammengetan hatten und schnell zu viel Geld kommen wollten? Alex sollte einen Käufer finden und William sollte Teni aus dem Weg schaffen, damit er Eigentümer der Insel werden konnte. Danach wollte er Talbot verkaufen und dann ...? Dann würde er Alex eine hohe Vermittlungsgebühr zahlen, weil er einen Käufer gefunden, sie miteinander in Kontakt gebracht und dafür gesorgt hatte, dass Teni nach Talbot gekommen war. War das alles genau geplant gewesen? War das der Plan gewesen für den Fall, dass sie sich weigern würde, an den Käufer zu verkaufen, den Alex gefunden hatte?

Entsetzt schüttelte Teni den Kopf. Diese beiden Männer hatte sie geliebt. Sie hatte gedacht, sie würden auch sie lieben. Bedeutete sie den beiden wirklich so wenig, dass ihnen ihr Leben dermaßen egal war?

Kapitel 16

»Ich würde vorschlagen, dass wir die Suche in Williams Haus beginnen. Auch wenn ich bezweifle, dass er sich dort aufhält. Schließlich soll ja niemand wissen, dass er überhaupt auf der Insel ist«, sagte Callen.

»Einverstanden.« Sie nickte.

»Fällt dir irgendein anderer Ort auf der Insel ein, wo William sein könnte?

»Es gibt ... es *gab* eine alte Fischerhütte an der Nordspitze der Insel. Sein Vater und er waren oft dort. Wahrscheinlich ist sie inzwischen unbewohnbar. Aber einen Versuch ist es wert.«

»Das klingt nach einer guten Idee. Er könnte sich auch irgendwo in einem Zelt verkrochen haben. Auf Talbot oder auf einer der Düneninseln.«

Henry's Point war eine von drei kleinen Düneninseln vor Talbot. Die anderen waren Wilson's Key und Evan's Marsh.

Mit zusammengekniffenen Augen schaute Callen sie an. »Ich nehme nicht an, dass ich dich davon abhalten kann, mit mir zu kommen. Dir wurde gerade erst eine Kugel aus der Schulter geschnitten. Paul hat gesagt, dass die Kugel nicht viel Schaden angerichtet hat, aber ich kann nicht ...« Er schüttelte den Kopf. »Ich könnte Paul bitten, mit mir zu suchen, und du kannst bei Oberon bleiben.«

»Keine Chance! Hier geht es um meine Cousine und um mein Leben. Außerdem muss Paul in der Nähe des Funkgeräts bleiben, um helfen zu können, falls es durch den Sturm Verletzte gibt.« Ihre Schulter pochte noch immer, aber die Schmerzen waren auszuhalten. Die Schmerzmittel schienen gut zu wirken. Zwar war ihr ein wenig schwindelig, aber sie war zuversichtlich, dass sie Callen bei der Suche nicht behindern würde.

Resigniert atmete Callen ein. »Also gut. Wir fangen in Williams Haus an. Dann fahren wir weiter zu der Fischerhütte. Wenn wir ihn da auch nicht finden, setzen wir die Suche von dort aus weiter fort.«

Callen sollte recht behalten: William war nicht in seinem Haus. Es sah auch nicht so aus, als wäre er in letzter Zeit dort gewesen. Also fuhren sie zur Nordspitze der Insel.

In dem starken Orkan nahm der Regen, der sich mit dem aufgewirbelten Sand vermischte, eine peitschende Wucht an.

Sie kämpften sich gegen den Wind und das steigende Wasser vor, das bereits bis halb zu ihren Knien reichte, als sie aus dem Geländewagen stiegen, und marschierten dorthin, wo Teni die Hütte in Erinnerung hatte, auch wenn es fast unmöglich war, durch den dicken Vorhang, den der peitschende Regen bildete, irgendetwas zu erkennen.

»Ich glaube, wir müssen hier lang«, schrie sie ihn an, um das Tosen des Sturmes zu übertönen.

Callen nickte und folgte ihr. Gemeinsam wateten sie durch das rasch ansteigende Wasser. Die Kälte des Wassers in der Bucht, vermischt mit dem strömenden Regen, drang durch Tenis Hose und lief ihr an den Beinen herunter. Als das Wasser ihr schon bis zu den Oberschenkeln ging, überlegte sie, ob sie nicht schneller vorankämen, wenn sie schwimmen würden.

»Dort«, sagte sie, obwohl sie die braune Schindelhütte, die nahe am Ufer stand, kaum sehen konnte. Das Dach und die vier Wände hielten dem Sturm überraschenderweise stand, obwohl der Wind die Veranda zerlegt hatte und das Verandadach schon fast ganz eingedrückt war.

Ausgeblichene orangefarbene Fensterläden schützten die Fenster und das Wasser stand an der orangefarbenen Tür schon 20 Zentimeter hoch.

Mit gezogenen Waffen wateten sie zur Haustür. Teni hatte sich einen Revolver von Callen geborgt, da William ihren eigenen gestohlen hatte, bevor er gestern Nacht im Wald geflohen war. Vor der Veranda blieben sie stehen.

Callen bedeutete ihr, für den Fall, dass William in der Hütte war und zu fliehen versuchte, zur Rückseite der Hütte zu waten. Ihm war anzusehen, dass ihm der Gedanke, sie allein hinter die Hütte zu schicken, nicht gefiel, aber die Rückseite der Hütte musste abgedeckt werden.

William war ein Wiesel und würde wahrscheinlich versuchen, feige zu fliehen und sich durch ein Fenster auf der Rückseite in Sicherheit zu bringen. Callen hielt es für besser, dass Teni die Fenster auf der Rückseite bewachte, als sie die Hütte aufbrechen zu lassen. Lieber machte er sich selbst zu Williams Zielscheibe, wenn er gewaltsam in die Hütte eindrang. Falls sich William überhaupt in der Hütte befand.

Callen holte tief Luft. Dann trat er die Tür ein und stürmte hinein. Mit ihm strömte das Wasser in die

Hütte. Im hinteren Teil des Raumes hörte er Geräusche, aber wegen der geschlossenen Fensterläden war es so dunkel, dass er nicht erkennen konnte, woher sie genau kamen.

Links neben ihm quietschte etwas. Eine Tür wurde geöffnet und geschlossen. Callen rannte darauf zu. Im selben Moment hörte er, wie im Inneren des Raums Holz knackte und zerbarst.

»Er kommt auf der Nordwestseite raus!«, schrie er Teni durch die Holzwand zu.

William fluchte, als Callen die Tür zu seinem Zimmer aufbrach. Er hing halb aus dem offenen Fenster. Auf der anderen Seite begrüßte ihn Teni mit einem auf seinen Kopf gerichteten Revolver.

Callen packte William am Hemd, zerrte ihn wieder hinein und richtete seine Waffe auf Williams Brustkorb. »Teni?«

»Ich komme schon«, sagte sie und ging um die Hütte herum, da sie mit ihrer verletzten Schulter unmöglich durch das Fenster klettern konnte. Paul hatte sie angewiesen, ihre Schulter nicht zu belasten.

Einige Sekunden später betrat sie hinter ihnen den Raum.

»Halte ihn mit dem Revolver in Schach, bis ich ihm Handschellen angelegt habe«, sagte Callen.

»Mit dem größten Vergnügen«, antwortete sie.

Callen wartete, bis Teni seinen Platz eingenommen und ihren Revolver auf ihren Cousin gerichtet hatte. Dann legte er William Handschellen an und las ihm seine Rechte vor. Jetzt mussten sie ihn nur noch irgendwo bewachen, bis der Nordoststurm vorbei wäre und sie ihn zu einer Polizeiwache aufs Festland bringen konnten.

»Wo ist Julias Leiche, du geisteskranker Idiot?«, fragte Teni mit unverhohlenem Zorn in der Stimme.

Selbstgefällig grinste William sie an. »Ohne meinen Anwalt sage ich kein Wort.«

»Den wirst du auch brauchen!«, erwiderte Teni. Sie nahmen ihn zu Callens Haus mit, wo sie ihn bewachen würden, bis die Polizei eintraf. Zusammen mit der Umwelt- und Wasserschutzpolizei würde die Polizei Julias Tod, die Brandstiftung und den Mordversuch bearbeiten.

Eine wichtige Frage aber war für Callen immer noch nicht geklärt: War Tenis Exverlobter an Williams Plänen beteiligt oder nicht? Und wenn ja, wie könnten sie das beweisen?

Kapitel 17

Es war eine lange, angespannte Nacht, in der Teni und Callen in höchster Alarmbereitschaft blieben und William keine Sekunde aus den Augen ließen. William machte seine Ankündigung wahr und weigerte sich, irgendetwas zu sagen, solange er nicht mit seinem Anwalt gesprochen hatte. Er war stumm wie ein Fisch. Aber seine Miene und seine Körpersprache bestätigten Tenis Vermutungen.

Sie stellte Fragen, bohrte nach und ließ nicht locker. Williams selbstgefällige Miene, ein Zucken seiner Augen oder eine Röte, die an seinem Hals nach oben zog, gaben ihr die Antworten, die er nicht laut aussprach.

Am nächsten Morgen ließ der Sturm endlich nach. Als mehrere Stunden später auch die Telefonleitungen wieder intakt waren, konnten Callen und Teni die Behörden auf dem Festland informieren. Kurze Zeit später bekamen sie einen Rückruf und erfuhren, dass die Festland-Polizei zur Insel unterwegs war, um William in Gewahrsam zu nehmen. Man hatte geplant, eine Gerichtsmedizinerin mitzuschicken, um Julias Leiche zu untersuchen, aber die Leiche war noch immer unauffindbar. Leider verriet Williams Mimik nicht den Ort der Leiche. Es sei denn, Teni würde den richtigen Ort nennen und William würde irgendwie reagieren. Aber offenbar hatte sie die richtige Stelle bis jetzt nicht erraten.

Um dreizehn Uhr standen Polizeibeamte aus Crisfield vor Callens Haustür. Nachdem sie William Kent noch einmal seine Rechte vorgelesen hatten, führten sie ihn ab und nahmen ihn im Boot mit aufs Festland.

Teni und Callen folgten ihnen in Callens Boot.

Die Fluten hatten einen großen Teil von Talbot überschwemmt. Aber erst wenn das Wasser zurückging, würde das ganze Ausmaß der Verwüstungen sichtbar werden. Es gab viele Schäden, die repariert werden mussten, und Teni hatte tiefe Wunden, die Zeit brauchen würden, um zu heilen. Aber sie hatte endlich die Quelle gefunden, bei der sie Heilung für ihre Seele finden konnte: ihren himmlischen Vater.

Callen hielt ihre Hand und half ihr aus dem Boot. Seine Miene verriet deutlich, dass er sie nur sehr ungern wieder losließ.

Nachdem er sie fest an sich gedrückt und zärtlich ihre Stirn geküsst hatte, sagte er: »Wir schaffen das.«

Teni atmete tief aus und wieder ein und nickte. Sie betete, dass Gott ihr die Kraft und Geduld geben würde, professionell zu bleiben. Sie gönnte William nicht die geringste Genugtuung. Als Angeklagter in Untersuchungshaft hatte er dieses Gespräch nicht in der Hand. Aber *sie* hätte es in der Hand, wenn sie an die Reihe kam.

Gerade schauten Callen und sie durch eine verspiegelte Glaswand dabei zu, wie William von einem Polizisten aus Crisfield verhört wurde. William machte erst den Mund auf, als sein Anwalt endlich eintraf, aber auch dann waren seine Antworten sehr knapp und völlig gefühllos.

»Dürfen wir es versuchen?«, fragte Callen den Leiter der Polizeiwache. Er fragte nur aus Höflichkeit, denn unter den gegebenen Umständen hatten sowohl er als auch Teni das Recht, den Tatverdächtigen zu verhören.

»Gerne«, antwortete der Polizeichef und wies mit dem Kopf zum Verhörraum.

Als sie eintraten, blickte der Polizist, der das Verhör durchführte, auf. Mit einem kurzen Nicken stand er auf, verließ den Raum und überließ ihnen den Angeklagten.

Williams Kinn spannte sich an, genau wie sein gesamter Körper. Mit vor Ärger geröteten Wangen schaute er seinen Anwalt an. »Mit denen spreche ich nicht«, knurrte er mit knirschenden Zähnen.

»Du brauchst nicht zu sprechen. Aber zuhören musst du mir schon«, sagte Callen. Anschließend legte er alle Anklagepunkte gegen William dar und listete die Beweise auf, die diese Anklagen stützten: Tenis professionelle Dokumentation von Julias Leiche auf Henry's Point, bevor sie sie in den Eiskeller gebracht hatten; die Fotos von den Verletzungen auf Julias rechter Wange, an der sie den Spuren zufolge von einer Faust getroffen worden war. Diese Faust hatte zwar vielleicht einen Handschuh getragen, aber die Größe verriet trotzdem, dass es sich um eine Männerfaust gehandelt hatte. Dann die durchtrennte Gasleitung und Williams Flucht unmittelbar vor der Explosion. Und natürlich sein Schuss auf Teni im Wald.

Williams Anwalt verzog das Gesicht. »Kann ich mich bitte mit meinem Mandanten beraten?«

»Natürlich«, erwiderte Callen. Er und Teni standen

auf, verließen den Raum und traten wieder hinter die verspiegelte Wand.

Man brauchte kein Lippenleser zu sein, um zu begreifen, was im Verhörraum sinngemäß gesprochen wurde. Der Anwalt legte William die knallharten Fakten dar und versuchte anscheinend nachdrücklich, ihn zu überreden, sich schuldig zu bekennen, um eine Strafmilderung zu erwirken.

Teni betete, dass sie das, was sie durch den Spiegel sahen, richtig deutete. Denn sie wusste bereits, welche Bedingungen sie stellen würde: ein umfassendes Geständnis und die Namen aller Komplizen. Sie wollte zwar noch immer nicht glauben, dass Alex mitgemacht hatte, auch wenn der viel Druck auf sie ausgeübt hatte, damit sie die Insel verkaufte.

Aber am wichtigsten war ihr, dass William verriet, wo er Julias Leiche versteckt hatte.

Es dauerte Stunden, bis der Staatsanwalt die Bedingungen aufgesetzt hatte – und noch länger, bis William und sein Anwalt es endlich aufgaben, noch mehr heraushandeln zu wollen. Aber der Staatsanwalt blieb unerbittlich. William bekam die Höchststrafe, lebenslänglich. William gestand, die Verbrechen, die ihm zur Last gelegt wurden: den Mord an Julia und den Mordversuch an Teni, zuerst durch Brandstiftung und dann durch den Schuss auf sie. Teni und Callen hatten mit ihrer Vermutung recht gehabt: William wollte Talbot und war zu allem bereit gewesen, um Eigentümer der Insel zu werden.

Das letzte Geständnis aus Williams Mund schockierte Teni jedoch am meisten, auch wenn es Callen offensichtlich wesentlich weniger überraschte: Alex war an der ganzen Sache beteiligt gewesen. Er hatte das Geschäft zwischen William und dem Bauunternehmer vermittelt. Der Verkauf hätte über die Bühne gehen sollen, sobald William offiziell Eigentümer der Insel gewesen wäre. Alex war sogar so weit gegangen und hatte William darüber informiert, wann er Teni verlassen würde und um welche Uhrzeit sie und Julia ihr Wettschwimmen geplant hatten.

Wie konnte ein Mann, den sie fast geheiratet hätte, ihren Tod wollen?

Kapitel 18

Als eine Polizeistreife losgefahren war, um Alex zu verhaften, verriet William endlich, dass er Julias Leiche »entsorgt« hatte - mit diesem grausamen Wort beschrieb er es –, indem er sie mit Gewichten beschwert und in der Hunter's Cove aus seinem Boot gerollt hatte. Zum Glück war diese kleine Seitenbucht vor dem wütenden Nordoststurm viel besser geschützt als die offene Bucht und außerdem war sie relativ klein.

Teni und Callen konnten es kaum erwarten, in der Bucht zu tauchen und zu versuchen, die Leiche der geliebten Cousine zu bergen. Als sie gerade die Polizeiwache verlassen wollten, kam ihnen Alex entgegen, der in Handschellen zum Verhör gebracht wurde.

Er weigerte sich, sie anzuschauen, aber Callen ließ sich diese Gelegenheit nicht entgehen, ihm den Weg zu versperren und ihn zu zwingen, ihm in die Augen zu sehen. »Sie werden für das, was Sie getan haben, bezahlen.«

Alex setzte ein arrogantes Lächeln auf, das Teni noch nie zuvor bei ihm gesehen hatte. »Ich habe nichts getan«, erwiderte er.

»Das hat William auch gesagt. *Zuerst*«, sagte Callen lächelnd.

Da trat Panik in Alex' Augen. »Was hat William gesagt?«

Teni lächelte und winkte ihm lässig zum Abschied. Dann verließ sie gemeinsam mit Callen die Polizeiwache. Sie hatte vollstes Vertrauen, dass Alex die Strafe bekommen würde, die er verdiente. Dafür würde der Staatsanwalt schon sorgen.

Doch jetzt mussten sie Julia finden.

Glücklicherweise beruhigte sich das Wasser in der Bucht schnell, nachdem der Nordoststurm weitergezogen war. Die Hunter's Cove war ruhig und geschützt. Callen versuchte, Teni den Tauchgang auszureden, da ihre Verletzung noch ganz frisch war.

Allerdings gehörten Unterwasserermittlungen zu ihrem Beruf. Leichen zu finden und zu bergen, war Teil ihres Alltags. Sie würde tauchen. Paul schaltete sich in das Gespräch ein, doch als er begriff, dass sie nicht nachgeben würde, willigte er schließlich ein - unter der Bedingung, dass sie ein Zeichen geben und Hilfe anfordern würde, wenn sie Julias Leiche fand, und dass sie nicht versuchen würde, ihre Cousine allein an die Wasseroberfläche zu bringen.

In voller Tauchausrüstung glitt Teni auf der Rückseite von Callens Boot ins Wasser. Vier weitere Taucher und natürlich Callen selbst hatten sich bereit erklärt, ihr bei der Suche zu helfen. Zu sechst suchten sie den Bereich in einem Gittermuster ab, das sie vor dem Tauchgang festgelegt hatten.

Nach einer halben Stunde unter Wasser schwand Tenis Hoffnung. Doch dann erregte etwas, das sich in ihrem Tauchlicht spiegelte, ihre Aufmerksamkeit.

Rasch schwamm sie darauf zu und entdeckte, wonach sie suchten. Ihre Cousine war mit einem Seemannstau gefesselt und wurde durch Tauchgewichte am Boden gehalten.

Mit ihrer Unterwasserkamera fotografierte Teni die Stelle. Dann schnitt sie Julia los und hielt sie mit ihrem unverletzten Arm fest. Callen bemerkte das Signal, das sie mit ihrer Tauchlampe gab, und kam ihr zu Hilfe. Er nahm ihr Julia ab, legte von hinten den Arm um den leblosen Körper und brachte ihn an die Wasseroberfläche.

Paul kniete am Rand der Tauchplattform von Callens Boot und streckte ihm die Arme entgegen, um ihm Julia abzunehmen.

Callen kletterte ins Boot und wartete, bis Teni an Bord war, bevor er Julias Leiche wieder unter Deck brachte und sie auf dieselbe Bank legte wie vor zwei Tagen, als sie sie auf Henry's Point gefunden hatten.

Wenige Stunden später traf die Gerichtsmedizinerin ein, die Teni angefordert hatte.

Um die Todesursache offiziell zu bestimmen, war eine Autopsie nötig, aber William hatte bereits gestanden. Jetzt konnten sie Julia anständig beerdigen. Obwohl sie so jung aus dem Leben gerissen worden war, hatten sie sie wenigstens aus dem Wasser geholt. Nun würde sie neben ihren Eltern auf dem Familienfriedhof der Kents ihre letzte Ruhe finden, wo Teni rote Tulpen - Julias Lieblingsblumen - auf ihr Grab legen konnte.

Kapitel 19

Drei Monate später.

Teni schaute zu, wie Callen den letzten Balken am Rahmen ihres neuen Hauses festnagelte.

Über einen Monat hatte es gedauert, bis sie mit dem Neubau hatten beginnen können. Um die Baugenehmigung zu bekommen, musste erst überprüft werden, ob das Fundament ihres ursprünglichen Hauses und die tragenden Balken, die die Explosion und das Feuer überstanden hatten, sicher genug waren. Dass sie an derselben Stelle neu bauen konnte, an der das Haus ihrer Vorfahren gestanden hatte, machte Teni glücklich, aber bei Weitem nicht so glücklich wie ihre Beziehung zu Callen.

Nach Williams Verhaftung hatten sie beide eine Woche freigehabt, die sie zusammen verbracht hatten. Teni hatte wegen des Todesfalls in ihrer Familie und wegen ihrer Schulterverletzung freibekommen und Callen hatte seinen längst überfälligen Urlaub genommen.

Mittlerweile verbrachten sie jeden freien Tag damit, gemeinsam das Haus wiederaufzubauen, obwohl der Winter vor der Tür stand. Sie bekamen sehr viel Hilfe von wunderbaren Freunden und Nachbarn auf der Insel, die kräftig mit anpackten. Dieses tatkräftige Engagement erinnerte Teni an die Scheunenbautage früherer Zeiten.

Momentan wohnte sie im Gästezimmer von Beckys Eltern. Jetzt, da ihr Leben nicht länger bedroht war, hatte Callen kein Problem mehr damit, sie aus den Augen zu lassen. Zumindest nachts. Aber tagsüber verbrachten sie so viel Zeit miteinander wie möglich. Sonntags gingen sie zum Gottesdienst, samstagabends schauten sie sich Filme an und unter der Woche unternahmen sie lange Spaziergänge im Wald.

»Okay, Leute. Großartige Arbeit!«, sagte Callen und legte den Hammer in seinen Werkzeugkasten. »Eine Stunde Mittagspause. Um 13 Uhr geht es weiter.« Vor ihnen lag noch immer viel Arbeit, aber der Anfang war gemacht. Und falls sich das Wetter änderte und sie die Bauarbeiten bis zum Frühling unterbrechen mussten, waren sie trotzdem schon weit gekommen.

Die anderen Helfer gingen zum Mittagessen nach Hause und überließen Teni und Callen sich selbst.

»Komm mit«, forderte er sie auf und hielt ihr seine Hand hin.

Sie schmunzelte. Dieses schelmische Funkeln in seinen Augen kannte sie nur zu gut. Es kündigte immer ein spannendes Abenteuer an.

»Wohin gehen wir?«, fragte sie und legte ihre Hand in seine.

»Das wirst du gleich sehen.« Verschmitzt zwinkerte er ihr zu.

»Sind wir denn rechtzeitig wieder zurück?«

»Ich denke schon.« Er lächelte, als sie durch den jetzt kahlen Wald zu seinem Haus schlenderten, dessen Vorderseite zur Bucht hinauszeigte.

Von dort aus führte Callen sie zu seinem Ruderboot, das sacht im Wasser schaukelte. Teni lächelte, als sie die zwei karierten Wolldecken – auf jedem Sitz eine – und einen altmodischen geflochtenen Picknickkorb auf dem Boden des Bootes entdeckte.

»Ein Dezemberpicknick? Hier in der Bucht? Ist das nicht ein bisschen zu kalt?«

Sie ergriff seine ausgestreckte Hand, stieg ins Boot und wartete auf eine Antwort.

»Keine Angst. Ich sorge dafür, dass dir warm bleibt.«

Allein schon bei seinen Worten wurde ihr warm. Teni setzte sich auf die hintere Bank und wickelte sich in die Wolldecke.

Leichte Schneeflocken fielen vom Himmel, als Callen ihr gegenüber Platz nahm und sie nach Wilson's Key ruderte.

Fragend schaute sie ihn an. »Warum Wilson's Key?« Es war die größte der drei Düneninseln vor Talbot, auf der Westseite.

»Da wir einen Neuanfang machen, so dachte ich, brauchen wir auch eine neue Insel für viele neue schöne Momente.«

Sie lächelte, als er den Anker auswarf, den Korb und die beiden Decken nahm und ihr seine Hand hinhielt. »Bist du bereit?«

»Und ob«, antwortete sie und legte ihre Hand in seine.

Callen lächelte und drückte sanft ihre Finger, als sie das schneebedeckte Ufer der Insel betraten.

Er breitete eine der Decken aus und stellte den Korb darauf ab, die zweite Decke legte er zusammengefaltet daneben, damit würde er später, wenn sie das Picknick einnahmen, bestimmt ihre Beine zudecken wollen. Dann ging er einen Schritt auf sie zu und sah sie an. »Ich bin froh, dass du bereit bist. Denn ich will den Rest meines Lebens mit dir verbringen.«

Teni biss sich auf die Lippen und wurde ganz aufgeregt. »Ist das dein Ernst?« Sie würde den Rest ihres Lebens mit Callen verbringen! Etwas Schöneres konnte sie sich wirklich nicht vorstellen.

»Absolut. Ich hätte nichts gegen drei bis vier Kinder, einen Hund und vielleicht sogar einen Volvo.«

»Einen Volvo? Auf keinen Fall.«

Sein Lächeln wurde breiter. »Willst du lieber eine von den Frauen sein, die ihre Kinder in einem Minivan von einem Termin zum andern kutschiert?«

»Definitiv nicht. Ich will wirklich nichts gegen diese Mütter sagen. Aber ich bin eben eher ein Jeep-Mädchen.«

»Nein«, sagte er und nahm sie fest in seine Arme. »Du bist *mein* Mädchen.« Dann bekräftigte er seine Worte mit einem zärtlichen Kuss.

Kleine Auszeit Romane

Tamera Alexander
Weihnachten auf Carnton
ISBN 978-3-96362-084-3
288 Seiten, gebunden
auch als e-Book erhältlich

Franklin, Tennessee, 1863: Das Leben macht es Aletta Prescott nicht gerade leicht: Nachdem ihr Mann im Bürgerkrieg gefallen ist, verliert sie nun auch noch ihre Arbeitsstelle. Zum Glück findet die schwangere Witwe mit ihrem ungestümen kleinen Sohn überraschend eine neue Anstellung im Herrenhaus von Carnton. Dort begegnet sie Captain Jake Winston, der sich von einer Schussverletzung erholt. Er ist nicht gerade erpicht darauf, der wohltätigen Frauengruppe, die auf Carnton eine Weihnachtsauktion für verwundete Soldaten ausrichtet, unter die Arme zu greifen. Doch Alettas kleiner Wildfang Andrew hat es ihm angetan. Und während äußere und innere Wunden zu heilen beginnen, scheint die nahende Weihnachtszeit ein ganz besonderes Geschenk für Jake und Aletta bereitzuhalten ...

Tamera Alexander
Savannah
ISBN 978-3-96362-048-5
156 Seiten, gebunden
auch als e-Book erhältlich

Nashville 1870: Savannah würde alles dafür geben, wenn sie ihr Elternhaus noch ein einziges Mal betreten dürfte. Denn ihr verstorbener Vater hat irgendwo dort ein Kästchen versteckt, das sein Vermächtnis enthält. Sie sieht ihre Chance gekommen, als der neue Besitzer ihrer Plantage, Aidan Bedford, ausgerechnet sie damit beauftragt, das Haus komplett umzugestalten und neu einzurichten. Seine Verlobte bevorzugt einen moderneren Stil. Savannah zögert nicht lange und macht sich ans Werk. Doch es fällt ihr schwerer als gedacht, alles, was ihr lieb und teuer ist, zerstören zu müssen. Und wie soll sie herausfinden, wo das Kästchen versteckt ist, ohne sich bei dem neuen Besitzer verdächtig zu machen?
Ein spannender Wettlauf mit der Zeit beginnt. Savannah kann nicht ahnen, dass Gott einen viel größeren Plan für ihr Leben hat.

Elizabeth Musser
Im Schatten der Magnolien
ISBN 978-3-96362-049-2
143 Seiten, gebunden
auch als e-Book erhältlich

Eine Plantage in Georgia, 1868: Emily Derracott könnte auf der Baumwollplantage ihres Vaters ein unbeschwertes Leben führen. Aber sie will als Weiße mit dazu beitragen, dass die freigelassenen Sklaven ihres Vaters in der kleinen Schule das Lesen, Schreiben und Rechnen lernen. Als eines Tages ein Stein durch die Schultür fliegt, ist sie gewarnt.
Sie hofft auf die Unterstützung von Thomas McGinnis, ihrem Freund aus Kindertagen. Aber kann sie ihm trauen? Er verhält sich verdächtig und sie weiß nicht, auf welcher Seite er steht. Wird er mit ihr zusammen für die Rechte der Schwarzen eintreten oder arbeitet er insgeheim gegen sie?